orte-Bibliothek

Die Frau als Besitz- und Vorzeige-Objekt: das ist eines der Hauptthemen dieses Buches. Pupa verliert nicht nur an Leben im Eigenheim-Glück, sie vereist buchstäblich, in Räumen der Kälte, sieht sich von Einsamkeit und Wölfen umstellt. Doch die Erkenntnis, dass sie im Eis ihres Umfeldes mehr und mehr einfriert, wird möglicherweise zur Voraussetzung, Leben zu gewinnen. In Gedanken wird immer wieder durchgespielt, was war und ist und wie sehr Hoffnungen und Sehnsüchte zertrümmert wurden, die einmal das Mädchen Pupa begleitet haben. Ingeborg Kaiser, die mit dem Roman „Die Ermittlung über Bork" bereits ein eindrückliches Zeugnis über das monotone Schicksal einer Hausfrau vorgelegt hat, geht diesmal noch weiter: Ohne mit feministischen Vokabeln aufzuwarten – schliesslich sind zwei Menschen beteiligt, wenn Ehe beschlossen wird –, stellt sie gnadenlos jene erbärmliche Existenz bloss, die heute von vielen gelebt wird; versichert ist alles, nur Freude kommt niemals auf. Die Menschen erkalten, bevor die Spanne Zeit abläuft, die jeder von uns hat. „Die Puppenfrau" könnte manchen „Eingeeisten" zum Ausstieg bewegen.

Ingeborg Kaiser ist in Neuburg/Donau geboren. Sie lebt heute in Basel. Ihre bisher wichtigsten Veröffentlichungen: „Staubsaugergeschichten" (1975), „Die Ermittlung über Bork" (1978), „Basler Texte Nr. 8" (Erzählungen, 1978) und „Verlustanzeigen" (1982, Erzählungen). 1983 erschien „manchmal fahren züge" (Gedichte, orte-Verlag).
Ingeborg Kaiser arbeitet auch als Hörspiel- und Theaterautorin. Sie erhielt 1983 den deutschen Kurzgeschichtenpreis.

Ingeborg Kaiser
Die Puppenfrau

Ein Roman

orte-Verlag

2. Auflage 1000–2000
Copyright 1982 by
orte-Verlag Zürich
Postfach 2028, 8033 Zürich
Alle Rechte vorbehalten
Umschlagfoto: Brigitte Stocker
Druck: Fuldaer Verlagsanstalt, Fulda
Printed in Germany
ISBN 3-85830-019-5

1

Vor der Einfahrt ins Albulatunnel hielt der Zug, ein langer Zug der rhätischen Bahn mit Autoverlad von Samedan nach Thusis, voll ausgebucht. Eine Lawine hatte die Passtrasse über den Julier blockiert, es war Samstag und Februar, nach zwei Tagen und Nächten mit Schneetreiben war der Himmel leer, wölbte sich im klaren Blau überm Tal, die weissen Hänge phosphorhell. Meine Augen begannen zu tränen, während ich meine Spuren durch das Schattenfeld zog, zu weit von der Sonnenkulisse entfernt, um mich daran zu erwärmen, mit jedem Schritt die Distanz zum Zug erweiterte, aus dem ich ausgestiegen war, mitten auf der Strecke, von beobachtenden Blicken verfolgt, Neugierige am Zugfenster, Reisende im Wintersport, sonnenbraun und bunt. Häufig sank ich ein, versackte in der Schneewolle bis zum Knie, zog mich hoch, eine Kraftdemonstration vor Zugfenstern, falls es noch Zuschauer gab, ich drehte mich nicht, wünschte, dass sich der Zug in Bewegung setzt, seine Räder weiterrollten. In Bergün kann es neblig sein, der Talkessel von Nebel brodeln, die Zugfenster vermauern, was kümmerte es mich. Ich lief durch den Schnee, auf das Haus mit den geschlossenen Läden zu, zwischen verschneiten Bäumen gelegen, die sich noch hügelwärts ziehen. Das Tal ist hier eng, unwirtlich um diese Zeit, auch das Haus, dem ich mich langsam genähert habe, nähern musste, seit ich es vom Zugfenster sah, ging ich darauf zu, ein kleines Hotel, eine Pension oder Anstalt mit gelber Fassade und rostbraunen Läden, der Verhandlungsort nahm ich an, obwohl nichts darauf hindeutete, die Einöde menschenleer schien. Die Schneemassen machten mich frieren, die Neuschneelast auf den Bäumen, den Hängen, wo sass das Lauitier? Das Krächzen einer Krähe zerbrach am Grat, der Himmel über mir war gefroren, sein Blau erstarrt, vielleicht kam eine neue Eiszeit, war bald alles gefroren, von einer Eisschicht bedeckt, eingelagert, was hätte dann Bestand.

Noch bewegte ich mich auf ein Haus, das ich vom Zugfenster aus gesehen und ohne ersichtlichen Grund identifiziert habe als Haus, mit dem die Geschichte begann, auf das sich der Erzähler zubewegt, ohne zu wissen, was er antreffen wird, anzutreffen hofft, weshalb er dieses Haus, diesen Ort ausgewählt hat, ihn Verhandlungsort benannte, was sollte verhandelt werden, mit wem, ebenso könnte jenes Haus ein Tatort sein. Ich fühlte mich bedroht von der Kälte, von der Einöde, von mir, von meinem fragwürdigen Entschluss, hier Station zu machen, ein absurdes Unterfangen, falls es mein freier Wille war, niemand hinderte mich umzukehren, das Wolfsgeheul war unwahrscheinlich, ein kitschiger Einschub meiner Phantasie, ein Irrläufer, Irrtum, die Wälder Mitteleuropas sind von Wölfen frei, wie man weiss. Ich liess das Haus nicht aus dem Blick. Ein langgestreckter Bau mit Läden vor den Fenstern, weder Kaserne noch Herberge, ein Kloster, Pensionat, ein Familienbetrieb? Ich suchte nach einer

Glocke, obwohl es keine Glocke gab, wie ich wusste, die Tür war mir bekannt, eine Flügeltüre, grau gebleicht, im oberen Drittel einfaches Milchglas mit Gitterstäben geschützt, der Blick ins Innere des Hauses verwehrt. Im Sommer standen die Türflügel auf, und man kam ungehindert in den langen teppichlosen Korridor mit zahlreichen Türen auf beiden Seiten, jenes Haus stand im Allgäu, ein Altersheim, von Barmherzigen Schwestern betreut, meine Erinnerung ist dreissig Jahre alt und mit hier nicht identisch.

Ich drückte die Klinke an der verwitterten Türe, sie passte nicht in die gepflegte Fassade, und spürte Widerstand, sie liess sich nicht öffnen, was logisch war, ebenso, dass ich nach dem Schlüssel suchte, den Schnee von Steinsimsen stäubte, die vereiste Gummimatte hob und handgrosse Steine im Windschatten der Hauswand, noch in meiner schwarzledernen Sacktasche grub, einhielt, und plötzlich begriff, dass hier der Grenzbereich lag, den ich passieren musste, lange Zeit darauf zugegangen war, vor Augen hatte, ohne ihn wahrzunehmen, meine Vernunft hinderte, die mich nach einem Schlüssel suchen hiess zu einer Tür, die eigentlich an ein Haus im Allgäu gehörte, falls jenes Altersheim noch existierte, unversehrt wie meine Erinnerung war.

Ich werde der Sache nicht nachgehen, mich ablenken lassen, wo ich endlich die Grenzen sehe, mir träumte, ich sei in einer Strassenbahn, mit vielen Passagieren. Der Anhänger war ein offener Aussichtswagen, zu Beginn dieses Jahrhunderts gebaut, den man zu Schönwetterfahrten benutzt hat. Heute kann man ihn mit Schulklassen, Vereinen oder Hochzeitsgesellschaften bei Sonderfahrten sehen, jener Wagen war voll mit Gepäck, das schwere Auto fiel auf, ein Amerikaner-Modell auf dem Strassenbahnanhänger? ich war ohne Gepäck. Die Strassenbahnwagen hielten am Fluss, die Grenze, wie ich wusste, alle Fahrgäste stiegen aus, nahmen ihr Gepäck und wechselten zum anderen Ufer, ich blieb zurück, ohne Identitätskarte konnte ich nicht passieren.

Das sind nun zwei Jahre, bis heute habe ich alle Grenzen respektiert, mir Grenzen gezogen, bis ich den Zug verliess, zwischen Abfahrt und Ankunft, ohne einen Nachweis in der Hand, nur eine fixe Idee, die hierhergeführt hat, das Haus wird mich einlassen, ohne ein Sesam öffne dich, meine Vorstellungskraft muss genügen, die Wände durchlässig machen, die Grenze zu passieren, wo die Vernunft resigniert, noch rüttelte ich an der Klinke, klopfte an die rotbraunen Läden, liess endlich ab, vielleicht war ich übergeschnappt, vielleicht war alles ein Alptraum, die harte Kälte, das langgezogene Heulen eines Hundes, die spürbare Bedrohung oder war es Angst vor dem Wagnis, mein Ungenügen vor einem noch unbenennbaren Terrain. Bisher war alles befriedet, mein Raum, meine Zeit, die Personen in meiner Geschichte, alles messbar, abzählbar, ein fortlaufendes Journal, wo sich Vergangenheit als Haben niederschlägt. Der Gedanke an die Regelmässigkeit, die Kolonnenordnung, die Tag für Tag durchzieht in einheitlicher Färbung, der Gedanke war absurd. Es braucht Distanz, um die Lächerlichkeit zu erfassen.

Das Heulen des Hundes setzte aus, ich spürte die Lautlosigkeit steigen, mich einhüllen: das graue Reh kam im Februar bis zu den Ferienhäusern am Waldrand, geschwächt und alt, ich gab ihm die Croissants von gestern, dafür hätten es die Hunde zu Tode hetzen können, es liegt mehrere Winter zurück, der Tod kommt lautlos, er begleitet mein Leben, ich vergesse ihn nie, manchmal steht er mir näher als das Leben. Vielleicht reisst der Hund gerade ein graues Reh, setzte einer Schweissspur nach, ein grauer, elender Wolf, vielleicht bin ich das Wild. Die Lautlosigkeit lastete auf mir, und ich schrie dagegen an, schrie in die Öde, zerriss die Stille, schrie hallend in den Eishimmel, wo sich mein Schreien ohne ein Echo verlor.

Ich ging zur Haustüre, drückte die Klinke, stand in einer Halle mit poliertem Pflasterboden und versuchte mich zu orientieren. Auf jeder Seite eine Unzahl Türen, eine breite Treppe zum oberen Stock, der galerieartig verlief, wieder eine Unzahl von Türen zeigte. An der Treppe zwei Amis in Uniform, gleich gross und dunkelhäutig, gleichmütige Gesichter unter ihren Helmen, unbeweglich, ihr Gewehr bei Fuss, ein mir vertrautes Bild aus der amerikanischen Besatzungszone, als das Nazideutschland gerade Vergangenheit war. Ein Vierteljahrhundert lag dazwischen, die Boys ungealtert, auf der Strasse pfiffen sie den Mädchen und jungen Frauen nach, Gewehr bei Fuss im Bündnerland? Beim Wettlauf zwischen Hase und Igel scheine ich der Hase zu sein, der jedesmal überrundet wird, die Vergangenheit ist stärker. Wenn ich sie überwinden will, muss ich die Ursachen sehen, so läge das Morgen im Gestern, alles was war ist vorhanden, befruchtet oder zerstört. Was zählt schon ein Leben, die Spanne Zeit zwischen Geburt und Tod, ich verwerfe diese Frage, beschränke mich auf den Raum, den ich noch abschreiten kann.

2

Anfang der Fünfziger wurde in Augsburg gegen die KZ-Kommandeuse Ilse Koch verhandelt. Der Andrang war gross. Wenn sie in Begleitung einer Beamtin hereingeführt wurde, stellte sich das Publikum den Galgen vor, an dem sie hängen würde, rotblond und hellhäutig, das Haar gewellt, weisse Kunstseidenbluse und blaues Schneiderkostüm, die Strumpfnähte geradegezogen. Es wurde von einem Lampenschirm aus Menschenhaut erzählt, unter dem die Kommandeuse ihren Kommandanten erwartet hat. Im trauten Licht die Germanin, das Buch „Rassenpflege im völkischen Staat" in der Hand? Die Bibel beherrschte sie, eher bastelte sie an Kunstgewerblichem als Ausgleich zum Lagerleben, dem Tag in schwarzen Lederstiefeln, die

Hundepeitsche schlagbereit. Wer Zeit hatte, ging zur Verhandlung. An behelfsmässig eingerichteten Tischen die Geschworenen, der Ankläger erhöht, ein Krimi, der in Fortsetzungen lief, läuft, wie ruhig das Grauen in Worte floss, sich einbetten liess. Die Achseln der Frauen waren wattiert, die Taille musste schmal sein, ihre Brüste pointiert, „eine weisse Hochzeitskutsche kommt am Morgen vorgefahren", hiess ein Schlager dieser Zeit.

Käthe ging regelmässig gegen neun zu Bett, damit ihr Puppenteint erhalten bliebe, das Porzellangesicht ohne Augenschatten, Krähenfüsse, vielleicht wurde sie deshalb von ihren Freunden eine Käthe-Kruse-Puppe genannt. Die Türe ihres Zimmers blieb einen Spalt offen, den das Licht der Ganglampe füllte, aber Käthe hielt die Augen geschlossen, aus dem Radio kam ein Wunschkonzert. Über einen Lautsprecher in der Küche, den Lichtspalt der Türe, haben die Schlagermelodien das Bett von Käthe erreicht, sie sanft begaukelt, bis sie die Hochzeitsglocken hörte, und bei Capri die rote Sonne unterging.
Da war Hannes, neuerdings eifriger Schachspielpartner von Käthes Bruder, und das Studium der Betriebswirtschaft schon hinter sich, er fuhr im offenen Wagen durch die Stadt, bei ihm hat das Wirtschaftswunder früh eingesetzt, der Sitz neben dem Fahrer war frei. Manchmal zählte Käthe die Aussteuerwäsche im Schrank ihres kleinen Zimmers. Unter dem Fenster das

Bett und ein Nachttisch, am Bettende eine Spiegelkommode, schräg übers Eck gestellt, ein Kokosläufer mit blauen und grauen Webstreifen trennte den Raum, gegenüber vom Bett der Schrank, der mit ihrem Bruder zu teilen war: älter als Käthe, aber noch in der Ausbildung wegen der Jahre in russischer Kriegsgefangenschaft, die ihn überleben liess, clever gemacht hat. Die Wäscheaussteuer war noch lange nicht komplett, als unterste Norm galt ein Dutzend. Das Einkommen von Käthe lag bei einhundertsiebzig Mark im Monat, und Vater Renner musste sich entnazifiziert bewähren, vom Facharbeiter zum Behördenangestellten, zum Beamten hinaufdienen. Schachspieler Hannes suchte eine Frau, auch wegen Mama, die langsam Entlastung gebraucht hätte, er war klein, trug eine randlose Brille, und seine helle Stimme schien chronisch belegt, mit Käthe ging er ins Kino, eine solide Sache, die sie einfach verspielte.

Der rotblonde Kurt hatte seine Geige samt Noten auf dem Schrank ihres Zimmers deponiert, wenn er einmal im Monat anreiste, nahm er ein Dachzimmer im Bahnhofhotel und trug sich als Diplom-Architekt aus Nürnberg ein. Das Geld war noch knapp damals, aber für den weissen Bordeaux bei rotem Licht in der Lamm-Bar reichte es, nach dem letzten Tango die Abschiedsküsse unter der Haustüre. Zur gemeinsamen Sonntagsmesse kam auch der Bruder, stellte die Zukunftsaussichten von Käthe in Relation zu den im Krieg zerstörten Häusern. Das Geigensolo fand im

Wohnraum statt, denn ein Schlafzimmer war ein Schlafzimmer, sein Bett ein unwirtliches Möbel mit weissen, daunengestopften Ballonen belegt, ein Plüschhocker stand als einzige Sitzmöglichkeit zweckbezogen vor dem Frisierschrank. Wenn der Rotblonde gespielt hat, waren seine blauen Augen aufs Notenblatt gerichtet, die Puppe Käthe sass exzentrisch auf der Seitenlehne des Bouclé-Sofas, den Kopf leicht geneigt betrachtete sie die Form ihrer Beine, die Gedanken zogen mit den gestrichenen Tönen durch das offene oder geschlossene Fenster, durch die Zimmerwände, die Zimmertüre zur benachbarten Küche, wo die Puppenmutter den grossen Zeiger der Uhr vorrücken sah, ein Notenblatt wurde gedreht. Käthe spielte nun mit dem rechteckigen Amethysten am Ringfinger ihrer linken Hand, sein Weihnachtsgeschenk.

Struppige Augenbrauen sind ein Zeichen für Jähzorn befand die Puppenmutter, auch würden Architekten gerne zuviel trinken, andererseits der einzige Sohn und ein Haus, aus den Dreissiger Jahren zwar, aber ein schöner Garten, schwarz-weiss auf Hochglanzpapier. Eine altgediente Haushälterin, ein frauenloser Haushalt. Nach einer angemessenen Pause klappte der Geigenkasten im Wohnzimmer zu und wurde von Käthe versorgt. Der Blonde ging pünktlich, ob Käthe zum Bahnhof mitkam, ist ungewiss, sie sprach von ihrem Bekannten, wenn sie ihn erwähnte, Bekannte konnten verschwinden, ohne dass man sein Ansehen verlor, oder avancieren zum Verlobten, Bräutigam.

Es war der Rosenkavalier, eine Aufführung in der Münchner Staatsoper, Käthe trug ein Schwarzwollenes mit Bubikragen und überliess sich der Musik, die sie vereinnahmte, ihren Porzellanteint zum Erröten brachte, ungewöhnlich für eine Puppe, denke ich jetzt, Hingabe und Sensibilisierung. In der Pause durch den Wandelgang von zwei Bekannten begleitet, Opernfreunde, wenn man für einen Abend in die Hauptstadt Bayerns reist, vielleicht steigert sich mit den bewältigten Reisekilometern der Kunstgenuss, war Käthe deshalb angeregt? Beim ersten Läuten suchte sie die Toilette auf, ihre Begleiter standen plaudernd, der Wandspiegel zeigte sie in dunklen Anzügen, hellen Hemdausschnitten, den seidenen Streifenschlips zu Windsorknoten gebunden, silberne Krawattennadel, leichte Geheimratsecken im rotblonden und brünetten Haar, beim zweiten Klingelzeichen leerte sich der Gang, Raucher drückten noch halblange Zigaretten aus, die Rivalen standen nun schweigsam, während Käthe am Ende einer kleiner werdenden Schlange wartete, um eine Toilette zu benützen, standen ihre Bekannten mit Pokergesichtern, doch war es klar, die Puppe Käthe würde sich künftig nicht mehr beim Violinsolo langweilen.

Der neue Bekannte war im vierten Semester und hiess Krümel, Käthe schien verliebt, ein Puppenspiel, eine Spielpuppe, wenn man den Puppenbauch aufschlitzt, quillt das Füllmaterial. Die Puppen der Fünfziger Jahre mussten an den Mann gebracht werden.

Vielleicht hat Käthe von später geträumt, wenn sie am Arm von Krümel spazierenging, jeden Samstagabend durch die Strassen der Stadt, vor den hellen Schaufenstern stehenblieb und die Orientteppiche betrachtete, die Perlen und Glitzersteine. Die Trümmerfrauen der Nachkriegszeit waren verschwunden, in alten Wochenschaustreifen archiviert, Frauen zwischen Glasscherben, Schutt, gebogenem Eisengestänge, zerschlagenen Balken, in einer Ruinenlandschaft, beim Schaufeln, Sortieren, Ordnen, mit Kopftüchern und Stiefeln, in Arbeitskleidern, haben sie die Lastwagen mit Häuserresten beladen, den Grund freigelegt. Manchmal blieb eine Fassade stehen, manchmal eine Zimmerwand, die blossgelegten Fliesen eines Badezimmers, hing eine weissgelackte Türe schräg in den Angeln, aber Vorsicht, ihr Benützer müsste abstürzen ohne Boden unter den Füssen. Das Abtragen der Schuttberge geschah längst wieder in männlicher Regie, und die Trümmerfrauen hatten die Kopftücher mit Sonntagshüten getauscht, die Schaufel mit dem Staubsauger für den neuen Teppich, ihre Gemeinsamkeit war zersplittert, Frauen wieder Frauen am häuslichen Herd, die alten Werte aufpoliert, mit dem Plüsch, den altdeutschen Möbeln in Eiche, der besseren Lebensweise, zog die Restaurierung ein.

Käthekruses träumten vom Mann als dem Ernährer, Erzeuger, Lebensunterhalter, von der kleinen Wohnung mit Balkon oder mehr.

3

Ein steinernes Haus. Ohne Wärme und ohne Gerüche. Was zwingt mich zu bleiben, zwang mich erneut in die Kälte, ich möchte Feuer schlagen aus dem Stein, die weisse Kälte in Feuer tauchen, die Türen blieben im Schloss, die Amis ignorierten mich oder gab es sie nicht, das Haus nicht, war alles Phantasie, Wahn oder Traum? Was änderte das, und sind gedachte Wirklichkeiten weniger existent als die greifbaren, ist ein Mord erst ein Mord, wenn das Blut fließt? Das Haus ist mein Grenzbereich, vielleicht zerstört mich eine Wirklichkeit, zerstöre ich sie. Bin ich Ankläger oder Angeklagter, ein Zeuge, die Figur einer Handlung oder sein Erzähler, niemand kann es mir sagen.

4

Pupa schob ein Fahrrad über den Wiesenweg, Grillenzirpen in der Abenddämmerung, ihre Gestalt verwischte sich, der grüne Wickelrock, die Streifenbluse, ihre weisse Haut wurden wie die Landschaft langsam von der Dunkelheit aufgesogen, bis sie unvermittelt vor einem Gartengatter stand, dessen Tor mit einer Kette gesichert war, was Pupa störte, sie zum Umkehren zu bewegen schien, als Krümel auftauchte, der sie erwartet und nicht erwartet hat, rasch die Kette löste und das Gartentor aufschob, offenbar die Situation überdenken musste, die er fünf Jahreszeiten lang beschworen hatte, befangen schien, während er die Gartentüre sorgfältig versperrte, das Fahrrad von Pupa zwischen baumhohen Büschen verstaute, sie dabei befragte, ob es irgendwelche Schwierigkeiten gegeben habe, soweit alles in Ordnung sei? Endlich mit Pupa das Holzhaus betrat und umständlich eine Petroleumlampe in Gang brachte, um dann die braunroten Fensterläden zu schließen, mit zusätzlichen Eisenstangen zu sichern, die Fenster zu verriegeln. Pupa packte Esswaren aus, Krümel hatte keinen Hunger, es war dumpf im Raum, um die Petroleumlampe schwärmte ein Nachtfalter. Seine grau bepuderten Flügel stiessen ans Lampenglas, das Licht konnte den Raum kaum erhellen: die Eckbank, den klobigen Tisch, eine Bauernkommode, zwei alte Liegen. Pupa kannte die Einrichtung, das Holzhaus, zwanzig Kilometer von der Stadt entfernt, von Wiesen, Kornfeldern, Waldzonen umgeben, ein Behelfsheim aus dem Krieg mit Wohnraum, Kochnische und Abstellraum. Es wurde in den Kriegsjahren erworben, für alle Fälle. An der Hüttenwand ein handgeschriebenes Gedicht hinter Glas, eine Sommer-Ode. Das Petroleumlicht flackerte, schien auszugehen, und Krümel beeilte sich das Bettzeug zu richten, legte ein Beil neben sein Kissen, löschte mit Sorgfalt das Lampenlicht und legte sich neben Pupa. Aus der Matratze drang Modergeruch zu Pupa, die einen gelben Sommerpyjama trug, die Fäulnis vergangener Winter mischte sich mit der Schwärze des Raumes und lag hermetisch über den Atmenden. Ein Verliess, in dem Krümel seine Puppe umklammert hielt, die lautlos ein Wiegenlied sang.

Draussen der Mond, tellerrund über hellen Getreidefeldern und dunklem Klatschmohn, Brunnengeplätscher, die mondfarbene Landschaft, schön und leblos, bald vom Morgen gelöscht.

5

An die Amis hatte ich mich gewöhnt, diese Figuren von gestern störten mich nicht mehr, ich ging durch das Haus, öffnete einzelne Türen, sah in die halbdunklen Räume, liess sie, eine Standuhr schien mir vertraut, vielleicht noch mehr, was dort herumstand, das Klavier, ein ovaler Tisch, Zimmereinrichtungen wiederholen sich, ein Doppelbett aus Kirschbaumholz wird immer irgendwo anzutreffen sein. Ich suchte einen Kamin, wie er in der Wohnküche alter Tessiner Häuser gebraucht wird, nach einem Kaminfeuer, über dem ein Kupferkessel mit Polenta hinge, vorstellbar wäre, ein Gesicht, mit dem sich plaudern liesse, irgendein menschliches Gesicht, das Polenta isst, ohne sich erklären zu müssen, zu legitimieren, eine Realität zu erfinden, sprechen wie essen, nichts bewirken, erwirken müssen, ein absurdes Verlangen.

Ausser den Amis habe ich keinen Menschen gesehen und auch sie sind vermutlich Staffage, das Haus vor dem Albula war ein fremdes Haus, ich hätte es nicht betreten dürfen, sollte mich besser empfehlen, davonschleichen, aber wohin. Das Eis ist überall, glänzt an den Wänden, vor dem Haus, bereift den Atem, die Worte ersticken, bevor sie gehört werden. Die Eiswüsten wachsen, bedecken die Städte, das Land, kein Sommer kann uns bewahren, wenn nicht jeder mit jedem zu sprechen vermag, angehört würde.

Ich suchte Schutz in einem Haus, aus dem ich verwiesen werden konnte, falls sein Bewohner kam, oder war ich der Bewohner und ohne Erinnerung an das Leben in diesem Haus? Ich vermochte einzudringen, es hatte sich öffnen lassen und ich glaubte Teile des Mobiliars zu erkennen, aber es bedeutete nichts. Es gibt kein Ding, das ich als mir zugehörig betrachte, keinen Raum und keine Landschaft. Unbehaust versuche ich, mich nicht zu verlieren, die Erinnerung an mich, nicht abhanden zu kommen, sage mir vor, dass ich es bin, die mich bewogen hat, hierher zu gehen, irgendetwas in mir, ich mit der Frau im braunen, modisch zu kurzen, Lammfellmantel identisch bin, die mit hochgeschlagenem Kragen durch ein unbewohntes Haus läuft.

Unversehens stand ich in einem kirchenähnlichen Raum mit mehreren Bankreihen, der Altartisch wenig erhöht, die Seite von einem Thron flankiert, aus grauem Stein, der porös schien, ein Steinschwamm, der nachgäbe, wenn man sich setzen würde, doch es war kalt, ein Sakralraum des Frostes, noch die Steine gefroren, hier würden die Worte, kaum ausgesprochen, zersplittern. Ich lief über Frostscherben, mahlendes Geräusch unter meinen Füssen, eine Lautspur ins Schweigen. Die Figuren bewegten sich lautlos, sie bevölkerten die Bänke, standen am Altartisch, ihre Rücken gegen mich, als die Litanei ihrer Stimmen begann, in verschiedenen Tonarten anhob, langsam ein Bild entstand, das die Gesichter der Anwesenden zeigte.

Er beklage seine Tochter, hob die erste Stimme an, die ihn betrogen habe, mit Lügereien gekommen sei, seine dreiundzwanzigjährige Tochter, keine Ehre mehr im Leib, keinen Funken von Anstand, habe ihm was vorgespielt, seinen Glauben an sie missbraucht, hinterrücks sich eine Nacht erschwindelt, weggeworfen, er fände keine Worte für sowas Dreckiges, den Namen in den Schmutz gezogen, er stehe da, blamiert wegen der eigenen Tochter, doppelt blamiert, wenn man an die Gegenseite denke.

Die Jungen, heutzutage, seien eben modern, sagte die zweite Stimme, und leider habe der Sohn seinen eigenen Kopf, der Vater sei viel zu früh verstorben, aber man müsste bedenken, die Leute vom Dorf, wie schnell würde etwas zusammengereimt, über das Wochenendheim geschwatzt werden.

Ein Student, sagte die dritte Stimme, man weiss ja wie das geht, habe er sein Studium fertig, liesse er sie stehen, dabei könnte sie längst unter der Haube sein, nur den Mediziner habe er, als Bruder, ihr schliesslich ausreden müssen, ein Flüchtling von drüben, der sie auch noch angedichtet habe.

Sie hätten sie abholen wollen, sagten zwei weitere Stimmen, überraschen wollen, den Sonntagmorgen, da war nur ihr Bruder an der Tür, woher sollten sie wissen, dass sie vorausgefahren sei. –

Nichts gegen Verehrer, sagte die erste Stimme, er habe jeden Putzkübel in seiner Wohnung, mit Blumen gefüllt, geduldet, als Vater konnte man stolz sein, aber jetzt. –

Ich hielt die Ohren zu vor diesen Stimmen, fürchtete ihre Gesichter, die Zeit der Enge, an die sie mich erinnern würden, froh um die Distanz zwischen ihnen und mir. Aus ihren Köpfen schoben sich seltsame Hutgebilde in Zwiebelform, graue Glockentürme mit Glocken, ich hielt umsonst die Ohren zu, gleich würden die Glocken läuten, aus meinem Kopf ein Zwiebelturm wachsen, ich mitläuten vielleicht, ein Zwiebelturm unter Zwiebeltürmen, die Prozession um den Altartisch anheben, der ein Sarkophag sein könnte, in dem eine lebensgrosse Puppe liegt, oder nur ein Rumpf. Die Augen in der Kopfhöhle, hineingestossen, die Glieder verstreut, in viele Teile zertrümmert, ein Zusammensetzspiel, dazwischen lagert ein Beil mit verbrauchtem Schaft und heller Schneide. Wo ist der Besitzer der Puppe, wann hebt das Schmausen an, nimmt jeder ein Stück von der Puppe? Ihr Lächeln scheint ungebrochen, ich will kein Kannibale sein.

Der Thron aus grauem Stein wird näher betrachtet eine Frau, ihre Schossmulde lädt zum Ruhen ein, zwischen ihren Ammenbrüsten finde ich Krümel, sonnenbraun und satt, im sportlichen Karo-Hemd. Solange er genährt wird, ist er friedlich. Ein hungernder Krümel müsste sich schadlos halten, entschädigen, an irgendeiner Bombe basteln vielleicht, mit Kanonen auf Spatzen schiessen. Zwischen Lächerlichkeit und Ernst liegt ein Zufallswurf, er macht beides absurder.

Ich horchte gespannt, schien angefroren, im Raum war kein Laut, keine Bewegung, und ich wartete auf die Glocken, die Glockenschläge, gleich würden sie einfallen, den Raum durchfegen, seine Wände zerreissen, aber das Bild verlöschte, ohne Laut.

6

Es könnte Pfingsten gewesen sein. Sie hatten Torbole erreicht und fuhren am Ostufer des Sees entlang, eine romantische Felsenstrasse mit romantischen Ausblicken. Vom Zypressentod war noch keine Rede, aber hätte Pupa davon erfahren, sich dafür interessiert, auf dem Soziussitz einer Vespa?, in ihren ersten Hosen, Karottenform, die gegen den Wunsch der Mutter erworben waren. Pupa trug das neue Kleidungsstück nur unterwegs.

Nach Torbole wurde Krümel von einer Vespa geschnitten. Er drehte auf, jagte die Konkurrenten, schlug sie auf italienische Art, sagte Krümel, bis er erneut abgehängt wurde, das Spiel sich wiederholte, und Pupa schliesslich müde war, mitzuzählen, wie oft Krümel die Italiener geschlagen hatte, sich langweilte – bei manchen Spässen von Krümel – ohne es auszusprechen, ihm vom Sozius zuzurufen, dass sie die Wettfahrt albern fände, auf der Stelle absteigen möchte, einen Kaffee trinken gehe, bis er seine Gegner abgehängt habe. Aber Puppen reagieren nicht, und die Verfolgungsjagd endete, als jene Villa erreicht war, wo Pupa und Krümel ein Zimmer bezogen.

Anfänglich schien die Signora zu zögern, schaute Pupa prüfend an, die sie ohne Antwort liess, womöglich selbst nicht wusste, was sie wollte und zu der Zimmerwahl von Krümel nur lächelte. Die Signora vermietete nicht an jedermann, auch wegen der Nonna und ihrem Regime, die beiden Söhne mussten etwa vierzig sein, drei Generationen im gleichen Haus, könnte sich Pupa erinnern?

Der Putz war verblichen, der Garten verwildert, ein umgestürzter Steintisch im wuchernden Grün, eine Steinamphore und der Tisch vor dem Küchenfenster, auf dem jeden Morgen die Signora ihren Nudelteig gewalkt hat, kleine Lieder dabei sang. Ein kaltes Bad im See, ein Ausflug nach Verona. Der Gelegenheitskauf

auf dem Markt, Besuch des Amphitheaters in der Mittagssonne, leer und weiss, kurzes Verweilen vor dem Julia-Balkon. Touristenbilder. Pupa beim Feilschen um einen ärmellosen Herrenpullover, beim Spaghettiessen auf der Piazza dei Signori, gemässigt, unauffällig, spannungslos. Als würde ein riesiges Auge über ihr Benehmen wachen, kein Gelächter, Flirten, keine Anwandlungen von Zärtlichkeit, sie an langer Leine führen, jeden Augenblick, der leer verstrich. Die Tage, Nächte, ein Abend im Restaurant, am Nachbartisch eine Familienfeier, die Pupa durch den goldgerahmten Spiegel im Speiseraum beobachtet hat. Gewöhnlich lebten sie von mitgeführten Vorräten, die gemaserte Marmorplatte der Waschkommode als Esstisch, nahmen die Ölsardinen aus der Büchse, tranken den Landwein aus Zahngläsern, säuberlich tunkte Krümel alles Öl mit dem Weissbrot auf. Dann der Spaziergang am See, ein Liebespaar, das Hand in Hand das nächtliche Ufer ablief? Sowas würde wohl passen.

Krümel hielt seine Taschenlampe, als trüge er eine Waffe, liess den Lichtkegel über das Gesicht und die Gestalt von Pupa kreisen, die Uferzone, leuchtete die Stützmauer ab, schwenkte kurz zur Autostrasse, zurück auf den dunklen See, erfasste das gegenüberliegende Ufer, begann, fasziniert von der Reichweite der neuerworbenen Taschenlampe seine Lichtsignale zu senden, an einen imaginären Pol oder Empfänger mit einer Ausdauer, die ein System vermuten liess, das nur Krümel zugänglich war. Pupa sah zu, wie man ein

Spiel betrachtet, dessen Regeln man nicht beherrscht, es bleibt spannungslos bis zum Ende, das man erleichtert zur Kenntnis nimmt, sein Geschehen vergisst, ohne zu wissen, dass jenes Spiel zu Krümel gehörte, ein Wesenszug war etwas auszumalen, anzupeilen, in Gedanken einzukreisen, ohne die Wirklichkeit einzubeziehen, die Realisierung anzustreben. Krümel drehte die Weltkugel im Schutz seiner vier Wände, prägte sich ihre Topographie genau ein, bestieg die Bergmassive, überwand die Meere, überschritt die Kontinente, erlebte die Weltstädte, ohne die Mühe sich zu entfernen oder anzunähern auf sich zu nehmen, jedenfalls nicht gleich. Morgen sah es besser aus, morgen würde er all das realisieren, was heute unüberwindbar schien, umständehalber, argumentierte Krümel, überzeugend erfinderisch, und sprach sich vom Heute frei. Eine Pupa wie Käthe war für Krümel die ideale Ergänzung, ihre Künstlichkeit und Langmut liessen ihm seine Spielwiese, auf der er unentwegt sein Morgen baute, Maskottchen Käthe als Garant.

7

Das Haus schien zu wachsen, grössere Ausmasse anzunehmen, oder meine Perspektive hat sich geändert, meine Betrachtungsweise, mit zunehmender Annäherung verändert sich das Objekt, gewinnt an Deutlichkeit. Der Aufzug war mir bisher nicht aufgefallen,

oder war das ein Förderkorb, der belastet lautlos absacken, zerschellen würde, unter Tag anhielte, mich in den Stollen entliesse, der Anfang eines Labyrinths oder Höhlensystems mit Finsternis gefüllt? In den Erdfalten kalte graue Kröten, Spinnenkraken und Fledermäuse, die aufgehängt im Luftstrom pendeln, sich mit leisen Bewegungen entfernten, mich der Angst überliessen, der Höhlenangst, nie mehr zurückzufinden. Sie würde das Atmen erschweren, mich erdrücken können, meine Gedanken löschen, ich vergessen, wohin ich unterwegs war, langsam Erde werden, oder war meine Ängstlichkeit das Tor, das passiert werden musste, das Hindernis der vorfabrizierten Bilder.
Ich würde die Aufzugtür öffnen, überrascht über seine Ausmasse sein, man könnte bis dreissig Personen befördern oder die entsprechende Fracht, den Mechanismus bedienen, nach abwärts oder aufwärts gleiten. Ich drücke den obersten Knopf und käme tausend Meter tiefer an, da bin ich sicher, der Aufzug würde nach unten gehen, das Eisland zurückbleiben. Vielleicht leben Menschen unter Tag, Eisflüchtige, deren Sprache mir vertraut wäre, mit ihnen könnte sich die Höhlenlandschaft verändern, die Gänge, Kammern, Wasseradern weniger bedrängend sein. Menschen vermögen alles. Der Aufzug würde halten, die Türen lautlos aufgehen, und ich an der Strassenecke einer nächtlichen Stadt stehen, die ich kenne, aber es wäre nicht mehr die gleiche Stadt, ich hätte mich verändert, erlebte sie anders, die schmale Strasse zwischen Altstadthäusern.

Jemand nähme meine Hand, und wir gingen eine Treppe zum Fluss und würden das mondhelle Wasser sehen, das nach der Brücke, unmerklich den Globus abwärts fliesst. Und vielleicht würde ich einem Fremden meinen Atem geben und hoffen, er erinnere sich in der anderen Zeit. Oder mich den drei Frauen beigesellen, sie tragen griechische Kleider und lagern auf einer Decke, gelassen, gelöst, einen Picknickkorb in der Nähe. Sie ruhen in sich, und ich würde beiseite sitzen, die Geschöpfe aus Stein betrachten. Dann käme die Bildhauerin mit einem Meissel und setzte bei mir an, als sei ich ein erratischer Block. Und ich würde ihr meinen Winterbaum beschreiben, den Stamm, seine Knüppeläste, an denen die Briefe wie Blätter wachsen, zahllose Briefe, einer über den anderen geschrieben, Wortbilder. Unfassbar für das zentrale riesenhafte Ordnungsauge im Baum, es müsste die Mitteilungen passieren lassen. Der Vorbeigehende könnte die Wortbilder abnehmen, aus den Wurzeln des Baumes würden neue Verlustanzeigen steigen.

Lautlos öffnen sich die Türen des Aufzugs und entlassen mich in die Dunkelheit, aus der langsam ein Platz herauswächst, Hausfassaden, wieder muss ich mit Koffer und Tasche den Platz passieren. Linker Hand ein hoher Betonbau der Bundespost, hinter mir die Bahnhofsgaststätten, erster oder zweiter Klasse, der Bierdunst, der Tabakrauch, im Qualm die Männer, nicht jung, nicht alt, sie saugen mit nüchternem Magen am ersten Bier. Wieder ist der Platz mit Bussen und

Autos verstellt, über der Strasse ein Bahnhofshotel, sein Eingang mit Brettern vernagelt, die ganze Häuserzeile der Fünfziger Jahre eine Bretterfassade. Ich ginge mit dem Gepäck daran entlang, stände endlich in der kalten Unterführung, und während die Fernzüge über meinem Kopf wegrollen, müsste ich in ein Betonverlies kriechen, ein altes Paar aufsuchen, das dort, hintereinander gekauert, zu hausen gezwungen ist, mich das Mitleid würgen.

Ich wollte nicht weiterdenken, wusste ohnehin, dass ich den Aufzugmechanismus nicht betätigen würde, wenig Neugierde verspürte, alle Räume des Hauses zu sehen, im Grunde enttäuscht, dass es keinen Menschen gab, der mir hier eine Rolle angewiesen hätte. Keinen Platzanweiser mit Kenntnis der Ränge, ich ohne die Fluchtmöglichkeit in bewährte Gewohnheiten zurechtkommen musste, ein Telefongespräch, ein Kauf im Supermarkt, das Zubereiten einer Mahlzeit, nichts dergleichen. Aber was hatte ich in dem unbewohnten Haus erhofft? Nachdem ich einem spontanen Einfall gefolgt war, einer Laune nachgegeben, die Reise unterbrochen, den Zug auf freier Strecke verlassen habe, war ich mir überlassen, kein Gott und keine Norne würden mich lenken, ich konnte über mich verfügen, mir Schaden zufügen oder nützen.

Ich ging zur Haustüre und legte den Riegel vor, schloss mich ein. Kein Laut kam von draussen. Das Türglas war mit Eisranken überzogen und milchighell, als wäre es von einem Scheinwerfer angestrahlt oder einer Strassenlaterne. Ich hauchte das Glas an, kratzte einen Ausguck frei. Weisses Mondlicht, die Bäume erstarrt, kein Windhauch über dem gläsernen Schnee. Der Mondhelle wuchsen Schatten zu, Schattendämme gegen die weisse Kälte, im Frostland. War es Wirklichkeit, was ich sah, war es ein Traum, war es meine Realität, es gab niemanden, der meine Sicht bestätigen oder widerlegen würde, mit meinen Augen sah, vielleicht war es unmöglich, eine Wahrnehmung zu übertragen. Lebt jeder Mensch in seiner Welt, von anderen Welten isoliert, zu weit entfernt, um sie in Augenschein zu nehmen, unfähig zum Wechseln über die Grenzen des eigenen Verständnisses. Jeder ein Blinder, der Rufe sendet und, im eigenen Echo gefangen, nichts aufnehmen kann, verhallen lässt, was aus anderen Zonen herangetragen würde.

Ich beschloss, zu glauben, was ich sah, als Gegebenheit anzunehmen, mir zuzustimmen, jenem unbekannten Teil, der mich bewogen hat, in dieses Haus zu kommen ohne Legitimation, ohne eine unmittelbare Katastrophe oder Notsituation, die berechtigt hätte, Schutz zu suchen, in Gefahr einzudringen. Aber war ich nicht doch gefährdet von der Eiswüste vor dem Fenster oder mehr, das nicht zu benennen war, und mobilisierte mein besserer Teil ein bisher ungenütztes Kraftfeld, das mir die Expedition ermöglichte, es war eine Expedition und ihr Ausgang unbestimmt, vielleicht auch nicht wesentlich. Vielleicht war mein Aufbruch das

Entscheidende. Hier war jede Minute neu, ohne Erinnerung, Wiederholung eines Ablaufs, hier brauchte ich alle Sinne, tastete mich wach durch neue Räume.

8

Dort sass ich, weiblich, etwa vierzig, sah ich mich bei drei Halbwüchsigen und einem Mann im Abteil eines Autozuges, der vor dem Albulatunnel gestanden hat, als die Einfahrt freigegeben war, weiterfuhr, packte cellophanumhüllte Sandwiches aus und bot sie an, wahlweise mit Bündnerfleisch oder Citterio. Zuerst den Buben, das Mädchen lehnte ab, dem Mann. Er brauchte eine Serviette, wie gewohnt, sie durfte aus Papier sein.

Die Frau schälte Jaffaorangen, teilte sie sternförmig, was hätte sie sonst tun sollen, es machte ihr Spass, den Orangenstern auf seinen lanzenförmig geteilten Schalen anzubieten. Die Handhabung geschah routiniert und sorgfältig, als müsste sie sich vor einer unsichtbaren Jury bewähren, wieder unter Beweis stellen, was längst erwiesen war. Nach dem Albula war Nebel, eine graue gefrässige Masse, die aus dem Taleinschnitt quoll und die umliegenden Berge deckte, den Himmel verschloss und Wagen um Wagen des Zuges verschlang. Ein Vorgang, der die Frau nicht beunruhigte, vielleicht war kein Grund zur Besorgnis, nicht immer taucht ein Eisberg auf, treibt man unvermutet einer

Katastrophe zu, das Bahntrasse hielt, kein Wagen entgleiste, die Nebelwand war nicht zementiert, gab den Zug wieder frei. Vielleicht war die Frau immun, von überstandenen Katastrophen immun geworden, wie man ansteckende Krankheiten hinter sich bringt. Vielleicht war sie eingemauert, in Abläufe eingefugt, die sich wiederholten, ein Mosaik ergaben, das sich aus Gewohnheiten zusammensetzte, zeitgebunden, ablesbar, über Tage, Monate, Jahre das gleiche Bild.

Die Sportwoche im Engadin gehörte dazu, der Aufenthalt im Mietchalet mit der erweiterten Familie, Verwandten oder Bekannten oder Freunden der Kinder, zehnmal, öfter? Ihre Vorbereitungen gingen über einen Tag, der Vorgang des Packens, der dem Dislozieren einer Haushaltung nahekam, die elektrischen Küchengeräte einschloss, eine Saftpresse für den morgendlichen Orangenjus oder einen Ofen zum Herstellen von Raclette oder einen Toaster, jeweils auf die Bedürfnisse der zu erwartenden Chaletgäste abgestimmt. Die Gepäckstücke stauten sich am Vorabend der Reise in der Diele, und es erforderte erhebliche Geschicklichkeit die Bagage im Kofferraum unterzubringen, die Sportausrüstung, den Hausrat, Bettwäsche und Klopapier, Schreibmaschine, Kofferradio und die Akten des Hausherrn. Es sah nach Umzug aus, nach einer Überseereise, warum sich diese Leute nicht einen Wohnwagen an ihr Automobil hängen oder ihr Häuschen auf Räder stellen, damit über den Julierpass ziehen, von Schneemauern abgesichert. Der Himmel hinge tintenblau über polierten Schneehängen, spiegelte sich ausschnittweise im Fensterglas des Häuschens, das langsam seinem Standort näherrollte. Falls sich keine überhängende Wächte löst, über die Pass-Strasse donnerte, die Habe erfasste, mitriss und zerstört freigäbe, als Auswurf oder Abfallprodukt nach der Eruption, verstreute Gebrauchsgegenstände im Schneegeröll, ein befremdlicher Anblick, beinahe abartig der Ohrenstuhl im Eisfeld, ein elektrischer Föhn ohne Steckdose, fragwürdig gewordene Relikte einer Lebensform durch die Naturgewalt überrundet, hinauskatapultiert. Eine heilsame Vorstellung, schon Pompeji hat gezeigt, dass man ohne Ballast das rettende Meer erreicht, der Besitzende durch seinen Besitz gefährdet ist, von ihm einverleibt, verdinglicht werden kann.

Das Kofferpacken war ihr lästig, der lange Aufbruch für eine kurze Reise überrollte sie ohne Gegenwehr. Sie konnte ihr Unbehagen nicht formulieren und ihre Trauer um die Zeit, die bei einem Tun verrann, das ihr unsinnig vorkam und das sie doch eifrig betrieb, sich mit den Jahren noch steigerte ebenso ihr Widerwillen gegen zuviel Gepäck, gegen alles, was sie als Bagage empfand, ihren Raum verkleinerte.

Das Chalet am Waldrand war für sie die Station, wo man von Punkt A oder B anreiste, um sich mit Verwandten und Bekannten ferienhalber zu treffen. Eine Interessengemeinschaft, die sich in die Mietkosten teilte und vom Erholungswert des Engadins sprach. Von seinen klimatischen Vorzügen, sportlichen Möglichkeiten, der prächtigen Aussicht, dem Blick über die Ebene der gefrorenen Seen bis zum Maloja, ein Langläufer-Dorado, wenn man von den Viertausendern absieht, die bahntechnisch erschlossen vor der Haustüre liegen.

Sie kannte die Landschaft in jeder Stimmung, am Tag, bei Nacht, das Haus, sie wusste, dass bei der Ankunft der Kaffeetisch gedeckt war und ein begeisterter Austausch von Begrüssungsformeln zwischen den früher Angereisten aus dem schwäbischen A und den Ankommenden aus dem schweizerischen B bevorstand. Die Koffer, Taschen, Kühlboxen, Sportausrüstungen, Pelze der teilweise Abreisenden vermehrten sich um ihre Gepäckstücke, füllten die Diele, den Küchenkorridor, der Veltliner stand neben dem Kachelofen bereit. Beim ersten Umtrunk die sportlichen Erfolgsmeldungen der Sonnengebräunten mit Leader Eckehard, allgemeiner Menurapport beim Kaffee und wechselseitiges Auslassen über berufliches, familiäres und gesundheitliches Ergehen, von pauschalem Wohlwollen bemäntelt. Treibhaussonne. Der Engadiner Nusskuchen, dessen Füllung zähflüssig über den Teller rann. Erhitzte Gesichter, die Falten, Linien der Mitvierziger ausgeleuchtet. Sie hätte nicht anzukommen brauchen, kannte die Regeln, den Verlauf des ersten Nachmittags, den Inhalt der Tage bis zur Abreise. Sie sah sich am Kaffeetisch zwischen den schwäbischen Verwandten oder Bekannten, die diesmal das Chalet weniger sauber angetroffen haben als in den letzten Jahren, vor allem die Fenster wären unter jeder Kritik gewesen, was für sie bedeutungslos war, ohne es auszusprechen, die Anwesenden mit einer Denkweise zu brüskieren, die nur Missverständnisse ausgelöst hätte. Sie kannte deren Standort, weil er über Jahre mit ihrem Standort identisch gewesen war, wusste um die Distanz, ihre eigene Wegstrecke, die sie durch ihr Schweigen aufhob. Das Vergangene war gegenwärtig, zeigte sich in der Sprechweise, dem Lavieren mit konventionellen Wortbrocken, in der qualitätsbewussten Kleidung, der korrekten Haltung, dem euphorischen Beschwören belangloser Jugendbilder als Anker ihrer Gemeinsamkeit, trotz unterschiedlicher Biografien. Vor dem Auseinandergehen ein Gruppenbild in der Abendsonne, und ihre Überlegung, dass mit Pappnasen und Papierschlangen die komische Szene vollständig wäre. Die Betten würde sie vor dem Abendessen überziehen, die Küchentücher an den freigewordenen Haken hängen, die Koffer leeren, die Lebensmittel einräumen, das Badezimmer und das Waschkabinett einrichten, das geräumige Kaminzimmer im ersten Stock, das sie an die Zeit mit den Grosseltern erinnerte. Aber genug, ich lass es, die Frau und ihren Ballast, ihre Mordanschläge gegen sich, ratenweise ausgeführt, als Pflichterfüllung angesehen. Ich will sie nicht decken, kann mich mit ihr nicht verständigen, nicht identisch erklären, ihr mein Ich ausleihen, sie braucht einen Namen, ihren Namen.

Ich denke an Bork, eine Frau in mittleren Jahren,

gegen die ich ermittelt habe und deren Existenz fragwürdig blieb. Vielleicht ist sie Bork, sie haben Gemeinsamkeiten, die meisten Frauen dieser Generation, die mit der Heirat zu Hausfrauen und Müttern geworden sind, sich unmerklich entfremdet haben, nur noch als Hausfrau und Mutter existieren, wahrgenommen werden.

Vielleicht ist sie Pupa, die im Zugabteil ihre Lieben abfütterte, unterwegs von Samedan nach Thusis, während eine Lawine die Passstrasse über den Julier sperrte, der Zug nach dem Albulatunnel in die Nebelwand raste, ohne dass Pupa, die Käthe gerufen wurde, ihre Tätigkeit unterbrochen hätte. Abgesehen von der, auf jedem Zifferblatt abzulesenden, Verspätung war nichts bemerkenswert. Wie alle Reisenden des Autoverladezuges stieg Käthe in Thusis ins Auto um, verliess den kleinen Bahnhof, den Sammelplatz mit wartenden Autofahrern, die durch den Lawinenniedergang auf die Bahnroute ausweichen mussten, auf die Beförderung durchs Albulatunnel angewiesen waren. Gegen neunzehnuhrfünfundvierzig erreichte das Auto mit Pupa den Walensee und fuhr auf einen beleuchteten Parkplatz, der zum Seerestaurant gehörte. Ein Aufenthalt, der sich wie die Sportwoche im Engadin wiederholte, eingeübt war, ebenso die Menuwahl, das Fischessen am See als bewährter Ferienabschluss. Der weissgedeckte Tisch am Fenster, die rote Tischlampe mit Messingfuss und frische Blumen, die lederumhüllte Speisenkarte, die Bedienerin im Schwarzen mit gestärkter weisser Schürze, die kupfernen Kasserollen, waren Garanten für gediegene Gastlichkeit, die sich im gegebenen Rahmen minuziös abzuwickeln pflegte. Der Walensee lag in der Nacht, sein ruhiger Wellenschlag war hinter den Aussichtsfenstern nicht mehr vernehmbar, der Appetit der Gäste durch keinen Einbruch während des Speisens gestört. Keine Pupa, die vor den vollen Tellern gestreikt und ihren Platz verlassen hätte, am Wasser entlang liefe, Kiesel aus dem Schwemmsand löste und in den nachtdunklen See werfen würde. Kein Seeungeheuer, das von Pupa gestört, aufgetaucht und eine Wasserfontäne ausgestossen hätte, die Pupa begrub. Keine Wasserwand, die durch Naturkräfte das Aussichtsfenster eindrückte, den Zustand gepflegten Speisens aufhob, bis den Gästen unter Wasser erste Kiemen zu wachsen begännen. Das Restaurant einem Aquarium gliche mit Fischmenschen, die ab und zu ihren Mund zum Sprechen bewegten, Worte ausstiessen, die als Wasserblasen an der Decke barsten. Oder stand das Restaurant unter Wasser und man bemerkte es nicht, war an den Zustand gewöhnt, an das Sprechen ohne Echo, Wortblasen, die ungehört zerstäuben, orientierte sich an Gegenständen, an Stuhl, Tisch, Wänden, an Essensgepflogenheiten, Tischsitten, an vertrauten Grenzen.

9

Mondlicht kam durch das Türglas, weisse, leblose Kälte, die nach mir zu greifen schien, mein Dasein in Frage stellte, meine freiwillige Einsamkeit und mir Fragen aufdrängte nach dem Sinn meines Aufenthaltes, was nicht zu beantworten war. Ich hatte keine Erklärung, konnte meine Handlungsweise nicht belegen, die Unsicherheit zum Schweigen bringen. Würde ich, wie in früheren Häusern und Wohnungen, durch alle Räume laufen und beim Einbrechen der Nacht die Lichtschalter bedienen? Ich erinnerte mich aller Ermahnungen wegen meiner Verschwendung, auch an mein schlechtes Gewissen, das meinen Wunsch nach hellen Räumen, ausgeleuchteten Winkeln und Nischen nicht unterdrücken konnte. Womöglich würde ich unter allen Liegen zu kontrollieren beginnen, alle Schränke überprüfen, hinter jeder Türe nachsehen, mich in einem der Räume verbarrikadieren, seine Zugänge verstellen, mich einmauern in Angst, eingemauert zu Ende leben.

Geschähe dir recht, sagte ich zu der frierenden Frau, zu mir, wenn du an deiner Ängstlichkeit eingehen würdest oder sollte ich es Vorsorge nennen, dann bist du hier am falschen Ort. Ohne Programm. Anweisungen. Verhaltensregeln. Absicherung. Hätte mir denken können, dass dir eine Situation Mühe macht, die noch nie durchgespielt wurde, trägt die dünne Eisschicht beim Gehen, trägt sie nicht, ohne Kalkulation sind die Einbrüche nicht voraussehbar. Ich bin auf die Fortsetzung neugierig, auf dein Verhalten, deine Lebensweise, wenn du allein bist, dein Rollenspiel wirkungslos bleiben muss, niemand dich beklatscht, bevormundet, zum Funktionieren bringt. Wie weit kannst du dir sicher sein? Vielleicht löscht dich das kalte Licht eines Mondstrahls aus, schwindest du in seinem Schweigen, verschwindest du, unkenntlich geworden. Vielleicht trifft dich das Heulen der Wölfe, die das Haus umkreisen, hörst du es, bluthungrig folgten sie deiner Spur, vielleicht drängt es dich die Haustüre zu öffnen. Vielleicht kriecht dich die Angst an wie Käthe, wenn das Auto in die Einfahrt biegt, das Garagentor geöffnet, etwas später geschlossen wird, die Geräusche des Hebens und Senkens des Tores ins Haus dringen, sich die Haustüre öffnet, schliesst und mit dem Heimkehrenden der Abend einbricht, Käthe ihren Tag verräumt, während sie in der Küche erwartungsgemäss zu hantieren beginnt. Von Angst bedrängt, wenn die Rolladen heruntergelassen werden, Fenster verdunkeln. Der Hausherr die Kellertüren verriegelt, seine Haustüre versperrt, eine Vorlegkette einhängt, die Schlüssel je zweimal gedreht werden, an den Türklinken aller geschlossenen Türen probehalber gerüttelt wird. Die Geräusche fallen in ihr Schweigen, brechen es auf, und sie fühlt sich bloss, ausgeliefert, überstellt. Ein Käfigtier, das seine Unruhe nicht ausleben kann. Wenn sie im Bett liegt, angespannt lauscht, die Atemzüge des Ruhenden neben sich, seinen Schlaf erwartet und so lange sich nicht zu bewegen wagt. Ihr Körper liegt starr wie ohne Atem, nur die Gedanken bewegen die Dinge im Raum, lassen die Lampe am Nachttisch leuchten, während sie nach Büchern greift, aus dem Bücherstapel einen Titel zieht, den Bücherberg zum Gleiten bringt, ohne dass es sie bekümmerte. Oder ein Bad nimmt, das heisse Wasser ihre Starre löste.

Später, viel später schleicht sie sich wirklich aus diesem Raum, den bodenlangen Morgenmantel zugeknöpft, seinen Kragen hochgestellt. Neonlicht flammt im Parterre auf, sie schiebt die Küchentüre bis auf einen Spalt zu, damit die Helligkeit nicht nach oben dringt. Öffnet den Kühlschrank, giesst Bier ins Glas, nimmt eine Tablette, spült mit dem Bier nach, zieht die Brotlade, reisst ein Stück Brot ab, nimmt sich einen Bel Paese, öffnet weitere Schranktüren, geht mit Bier, Brot, Käse und Knabberzeug versehen in den Raum mit den Plüschpolstern und legt alles auf das Porzellanmosaik der Tischplatte. Die Lampe, in Form einer Glühbirne, erhellt wenig das Zimmer. Käthe macht sich über die Essensvorräte, trinkt das Bier, kauert sich zusammen, verkriecht sich in die Weite ihres Morgenmantels. Die Siamkatze springt auf ihren Schoss, schnurrt. Käthe mustert den Raum, seine Ordnung, alle Dinge, ihre Augen gleiten über sie, halten nichts davon fest, belassen alles. Sie streichelt die Katze über die schwarzbraune Stirn, den Schädel, die bräunlich gezeichnete Rückenpartie, der dunkle Schwanz schlägt wenig, die Krallen bewegen sich spielerisch auf ihrem Schoss, die blauen Augen sind schmale Schlitze. Samten wird Käthe gewärmt. Langsam weichen die Gespenster, und Käthe wird sich müde und schwer am Treppengeländer nach oben ziehen, schlafen wie eine Tote. Die Katze richtet sich am Fussende des Bettes ein, vielleicht wird Käthe vom Schnurren geweckt werden, mit dem Tag die Erinnerung wach, das Wissen, dass nichts bewältigt wurde, der Morgen belastet bleibt, das Gestern noch abzutragen ist.

Die Angst ist verdinglicht. Ich spüre, wenn sie sich auf meine Spur gesetzt hat, bemerkbar macht, mich einzuschüchtern versucht, als Riese bedroht. Sie hat viele Namen, ist vielgestaltig, die Angst, kreist mich in endlose Satztiraden ein, bannt mich auf den kleinsten Raum. Versucht in meinen Körper zu dringen, meinen Schädel zu betäuben, mein Denken zu steuern, einzuhaken, Widerhaken, die das Blut mit Fremdkörpern durchsetzen. Woher stammt die Angst, wem gehört sie, ich bin ihr davongelaufen, aber vielleicht ist sie in mir, bin ich infiziert von der verbreiteten Angst, der Lebensangst. Angst um die Existenz. Ein Dach überm Kopf. Einen Platz im Gemeinwesen, seinen vollwertigen Platz in der Gesellschaft durch ein belegbares Einkommen erworben, nachzuweisen, überprüfbar. Angst vor der Zeit, den Jahren mit der Zeit, die aussortieren, nach den geltenden Regeln, unbrauchbar machen. Angst aufzufallen, auszufallen. Angst um sein Sicheres, seine Sicherheit, die im Weg steht, die Veränderung stoppt, abwürgt, kein Risiko erlaubt. Tiefe Angst, hat sie die Mutter genährt oder der Vater, der

Lebensgefährte, oder hat jeder seinen Anteil an Schwäche eingebracht, natürlich auch ich. Angst vor der Liebe. Vor Menschlichkeit. Vor dem Leben. Dem Tod? Die Lebensangst ist der Tod. Ich muss jene Angst loswerden, sie austricksen, wie eine Krankheit überwinden. Mich aussetzen. Ausloten. Niemand weiss von hier. Das Haus ist unbewohnt, seine Läden verschlossen. Ich könnte überwintern. Ein Feuer anzünden. Mit mir leben. Meine Gedanken wachsen lassen. Vielleicht erfahren, wer ich bin. Mir einen Namen geben. Ich bin nicht Käthe, nicht Pupa.

10

Pupa macht keinen Schritt allein. Pupa wird tunlichst zu Verabredungen gefahren, an Züge gebracht, der Platz im Abteil für sie ausgesucht, ihre Abfahrts- und Ankunftszeiten fixiert. Eigentlich bräuchte Pupa sich nie zu verabreden, nie zu verreisen, solange sie gegängelt bleibt. Sie muss sich legitimieren, Krümel erklären, was sie bewegt, ihn vorübergehend zu verlassen. Zum Ausgehen bereit, sitzt sie schliesslich ihm gegenüber, gepflegt, erwartungsfroh, das Hauswesen bestellt. Krümel mustert Pupa, als fühlte er sich von ihr beleidigt, verletzt, vernachlässigt durch ihr Interesse, das nichts mit ihm gemeinsam hat, ausserhalb seines Bereiches angesiedelt ist, wenn auch nur Stunden oder Tage. Sein Gesicht wirkt verspannt und düster, eine

Stimmung, die sich ausbreitet, Pupa bedrückt. Wenn ich dich brauche, gehst du weg, sagt Krümel vorwurfsvoll, recht ist es mir nicht, das weisst du, für jeden findest du Zeit, wer weiss, wann du zurückkommen wirst, ich werde nicht schlafen können, und warum mit dem Auto, die Strassen sind nass, weit kannst du nicht fahren, der Tank ist fast leer, pass auf, wir haben kein Geld für Reparaturen, du wirst keinen Parkplatz finden, was du wegen anderen machst, ich verstehe es nicht, und wie du angezogen bist, neuerdings herumläufst, unmöglich, mir gefällt das nicht.

Manchmal widerspricht Pupa, versucht Krümel zu beschwichtigen und erklärt beispielsweise, dass es harmlos und legitim sei, gelegentlich Frauen zu treffen, etwas zu unternehmen, ohne Krümel beizuziehen, aber die Worte verwehen. Und die Distanz der Standorte bleibt unverändert wie ihre Frontplätze am langen Esstisch.

Diskret sieht Pupa auf die Uhr, und macht Anzeichen zu gehen. Lässt sich den Autoschlüssel und die Wagenpapiere aushändigen, verabschiedet sich, freundlich, das Gesicht maskenhaft, geht in die Garage und fährt das Auto auf die Strasse, sieht Krümel am Fenster, das Hoflicht brennt. Pupa wird es bei ihrer Rückkehr löschen, an die sie nicht denken will, sie flieht, flüchtet vor Gespenstern, die Krümel zitiert hat, sich anheften, sie aus dem dunklen Fond anspringen können, während sie der Stadt zufährt. Den Lichtkubussen mit herausragenden Rechtecken und Türmen, mosaikartig dicht, mit neonhellen Strassenzügen gekittet, ein geometrisches Gebilde, das der Stromverlauf unterbricht, mit Brückenbogen löst. Die Lichterspiele ziehen Pupa an, ohne dass sie die Gespenster loswerden könnte. Ihr Lachen. Sprechen. Ihre Erwartungen sind gedämpft, von Krümel beschnitten, vorgeformt.

Falls sie nicht schon beim Chauffieren aus der Garage scheitert, das Auto millimeterdicht an der Mauer klebt und sie Krümel um Hilfe angehen muss. Den Baum bei der Ausfahrt streift. Unterwegs von Scheinwerfern eingeholt wird, den Verfolger in Lederkleidung nicht abhängen kann, ihn schliesslich einordnet als die Figur aus einem Cocteau-Film, einer der Motorradfahrer mit schwarzer Lederhaut, Todesboten. Vielleicht stirbt sie diesen Abend, ohne Gegenwehr, und käme lieber in die Sicherheit des Hauses zurück, in die Obhut von Krümel.

Sie ginge am Mittag den Seeweg von Spiez gegen Faulensee, es ist Sommer, der schattige Weg einsam, ohne Spaziergänger, nur der Wind bewegt den See, wellt ihn, drängt die Wasserhügel ans Ufer, wo sie brechen, sich ineinander verkeilen, zurückfallen, greift in die Äste der nahen Buchen und taucht sie ein, dass sie wie lose vom Stamm mitrollen, ans Ufer spülen, zurückfallen. Und Pupa sähe das Spiel, bis die ersten Spritzer Schneegischt sie nässen, das Wasser über den Uferbord schwappt, der Wind den Weg zu wellen scheint, in den Wellentanz einbezieht, Ufer und Bäume und Pupa, die, seekrank geworden, den Boden verlöre, der unter ihren Füssen wegrollt, sich löst, Pupa von Flut überrollt, wegschwemme.

Oder Pupa würde im See, bei Spiez, ein riesiges Warnschild auftauchen sehen, wie sie der Verkehrsteilnehmer kennt, auf dem Schild ein Ausrufezeichen, das Pupa wie Lochness liest oder sonst was Fragwürdiges, das plötzlich die Uferzone überschwemmte. Auch die Ängstlichkeit bedient sich der Phantasie. Ich sehe Pupa den Weg durch die Wiesen nehmen, eine Bilderbuchlandschaft, mit Kirschbäumen im saftigen Grün, reifen Getreidefeldern, die sanften Hügellinien mit Tannen bestückt, vereinzelt Höfe, in den Bauerngärten altmodischer Sommerflor, der Pupa an Bilder ihrer Kindheit erinnert, aber sie misstraut dem, was sie sieht, heute wäre dann gestern. Sie hat das Gefühl, das alle Landschaft um sie eine kunstvolle Nachbildung ist, ebenso die Höfe, die Menschen und Tiere, der Wolfswächter an langer Kette vor seiner Hütte, eine Täuschung, lebensgross und hölzern, die Jahreszeit nicht echt, kein wirklicher Sommer mit Hitzeschwaden. Pupa friert. Die Farben scheinen ihr zu grell, das Rot der Geranien chemisch, wie angepinselt, Pupa scheut sie zu berühren, vielleicht totes Material zu spüren, es wäre ansteckend für Pupa, sie selbst zu einer Nachbildung werden, einen lebensgrossen weiblichen Menschen verkörpern, in die Kleider der Zeit gesteckt, mit einer Sonnenbrille auf der Nase, hinter der ein Porzellangesicht verschwindet. Ihre Bewegungen geschehen automatisch, abgezirkelt, ihre rechte Hand geht zum rechten Bügel der Brille, sie will die Wirklichkeit ungefiltert, ohne getönte Gläser sehen, nimmt die Brille von der Nase und sieht, erstarrt, die Farben verblassen, bleichen, einfrieren in gleichmässiges Winterweiss.

Vielleicht wird ihr die Krümelangst, mit der Zeit, Bleisohlen anhexen, sie für immer behindern, sie würde wie festgefroren sein, ihr Zeitband leer laufen.

Eine Ferienfigur auf der Ferienterrasse, anläßlich einer Krümelreise in den Süden, sitzt oder steht sie, zum erstenmal den Blick auf Yachthafen und Felsenriff und Meer, das langgestreckte Elba am Morgen, Mittag oder Abend in Sicht, unbewegt die Ferienfrau am Schwimmbassin, im Speisesaal, auf der Ferienterrasse, in Spiegelsäulen, drei Tage und Nächte, unfähig die Idylle zu zertrümmern, das Hotel allein zu verlassen, den Aufenthalt abzubrechen, wie sie möchte, und versuchsweise den grünen Hügel zu durchstreifen, der weichgewellt in die Aussicht wächst, mit felsiger Flanke zum Meer abbricht. Ein Vogelberg, auf dem die Herbstschwärme unterwegs in den Süden ausruhen, die rosa Abende mit hellen Stimmen füllen. Auf dem höchsten Punkt das Kastell, zinnenbewehrt, verwittert, die Puppenfrau zählt seine Steinzähne, manchmal taucht ein Gesicht in den Lücken auf, man könnte es mit dem Fernrohr auf die Ferienterrasse holen, mit dem Feriengesicht die Aussicht vom Kastell erleben. In der Tiefe das Meer im Mittagsglanz, wenige Boote, an der Hügelflanke Kakteen und Buschgewächse, malerisch zum Fotografieren: Mauerbrüstung, Kaktus, Bucht. Den Saumweg sieht man nicht, die raschen Echsen oder Schlangen, in diesem Augenblick bricht ein Steinzahn aus, das Gesicht verschwindet, stürzt womöglich, liegt tot im Ginster, seiner Habe beraubt. Hinter jeder Wegbiegung würde ein Vergewaltiger warten, ein Mordbube, Räuber, Pupa dem steten Schatten Krümel dankbar sein, ihrem leisen Wächter, der sie vor jeder Gefährdung behütet, die ihm möglich scheint, ängstigt. Sie ist nie allein, auch wenn sie meint, sie habe allein die Villa verlassen, auf der Höhe von Jesolo, und würde in der Dämmerung im Olivenhain stehen, allein mit den Stimmen der Stadt, dem Erlöschen des Tages über den Hügeln der Toscana. Der reglose Wächter steht in Rufweite, zwischen dunklen Stämmen, im Feld seiner Ängste: Pupa könnte ohne ihn existieren lernen, etwas beginnen. Ängstlichkeit, die auf Pupa übergreift, sie anspringt und sie ein Unbehagen spürt, das Gefühl der Ruhe überlagert. Sie bemerkt den Schatten, der sie frieren macht. Einfriert.

Sie wird sich keiner Unternehmung mehr aussetzen können, am Ende, bei Inbetriebnahme eines Dampfkochtopfes die Gefährlichkeit von 50 atü bedenken, des Beistands von Krümel bedürfen, seine Begutachtung, seinen Rat, zunehmend ein Krümelding sein, das von Krümel ernährt, angezogen, ausgeführt, benützt werden kann.

11

Ich bin nicht Pupa, sagte ich zu der frierenden Frau, zu mir, ich werde die Kälte aushalten, das unwirtliche Haus in der Eiswüste, seine Korridore, Treppen, seine Räume, mich nicht in Alp-Geschichten verlieren, der Verlierer sein. Wenn ich will, wärmt mich ein Feuer, knistert das Holz im Kamin, sprühen Funken, alles ist möglich, denkbar.

Zwei Männer kamen auf mich zu. Sie eskortierten eine Frau, schoben sie auf einen niederen Korbstuhl, eine Schale mit Plastikkissen, aus der man sich nur mit Anstrengung erheben kann, entkommt, aber die Frau schien müde und gleichgültig. Die beiden Männer blieben vor ihr stehen, der eine schien das Spiegelbild des anderen, zwillingsgleich ihr Aussehen, ihre Haltung, die Kleider, austauschbar, Schulmeister oder Bankangestellte am Wertschriftenschalter oder erste Verkäufer in einem Konfektionshaus für Männeroberbekleidung. Die Augen hinter Brillengläsern, begannen sie auf die Frau einzusprechen, gleich gefärbte Stimmen, deren Ton mir zuwider war, litaneienhaft klang, Klage und Beschwörung zugleich, die Frau, verstand ich, hat ohne Erlaubnis dieser Herrn eine Autotour von Lugano nach Locarno unternommen, die berufliche Abwesenheit der Herrn vom gemeinsamen Ferienort ausgenützt, missbraucht, sei am Steuer eines beigen VW-Variants losgefahren, zu ihrem und der Grosseltern Vergnügen, zwei Kinder im Fond, ohne die Herrn zu informieren, ihr Vorhaben frühzeitig zu unterbreiten, als Besitzer des Variants hätten sie angefragt werden wollen, müssen, als Besitzer der Frau, der Kinder, auf jeden Fall hätten sie dringend abgeraten, vor dem Ausflug gewarnt, eine Madonna del Sasso sei nicht ausreichend, um die Strecke Lugano–Locarno zu befahren, es handle sich um dreiundfünfzig Kilometer, vom Standort des Ferienhauses gerechnet, um den entsprechenden Verbrauch und Verschleiss, mal zwei, die Herren hatten die Absicht, demnächst, die gleiche Route zu wählen. Allerdings wäre das Ziel weiter gesetzt gewesen, das habe sich nun erledigt, das Vorgehen der Frau mache es unmöglich, ihr einen Ausflug zu offerieren, der zum Teil eine Wiederholung wäre, ein Neuaufguss, unzumutbar für die Frau, die Herren, das müsste gesagt werden, rundheraus, die Frau habe es sich selbst zuzuschreiben, abgesehen vom Verzicht der Herren, da helfe kein „Tut-mir-leid-Gefasel", zuerst fragen, dann handeln, sagten die Herrn zu der schweigsamen Frau, die sich in die Korbwanne einzugraben schien. Die Herren rückten sie zurecht und hielten einen losen Arm in den Händen, warfen ihn rasch in das Kaminfeuer, brachen weitere Glieder der Figur, die Flamme schoss auf, eine Feuersäule, die von Pupa-Gliedern gespeist wurde, von Fingern und Zehen, Waden, Schenkelstücken, dem Kopf mit dunkler Perücke und schliesslich dem hautfarbenen Rumpf. Die Herren waren gründlich und überlegen, die Gesichter verschlossen, verhängt, in ihren Brillenaugen die Spiegelung der Feuerstelle, brandrote Male.

12

Die Blumen für den Verlobungstisch holte sich Pupa aus der Gärtnerei, Alpenveilchen. Es war Januar. Die Silberplatten mit kalten Gerichten lieferte ein Feinkostgeschäft. Pupa hat alles arrangiert, den dreiarmigen Rosenthal-Leuchter mit gelben Kerzen gekauft, ein Bowlengeschirr entliehen, die Anzeigen verschickt, sich genau so verhalten wie man glaubt sich bei Familienfeiern, dieser Art, verhalten zu müssen. Das Bild einer Verlobung umgesetzt, mit den Eltern des Paares, den Geschwistern und ihren angeheirateten Partnern im kleinsten Rahmen, dem kleinbürgerlichen Standort angepasst. Nach dem Abendessen verliessen Krümel und Pupa das Zimmer. Es dauerte, bis Krümel die Ringe herausgeholt hatte, kantige Goldreife, sein Verlobungsgeschenk, ein Mondstein in Goldfassung, überreicht war, der frisch diplomierte, nun verlobte Krümel von Pupa dankbare Küsse und ein Gegengeschenk bekam. Sie standen im kalten Zimmer auf dem Bouclé-Läufer, der graublau das

Zimmer durchschnitt, mit Ringen beschäftigt und freundlichen Kommentaren zu ihren Geschenken, ohne dass Pupa einen Augenblick lang die Gesellschaft nebenan vergessen hätte. Das Gesellschaftsspiel, das nun ein Glas Sekt vorsah, die notwendigen Tulpen waren neu, die fällige Rede zäh und klischeehaft, austauschbar wie die Figuren am Tisch, befangen, gefangen in ihren Normen, erlernten Vorstellungen, wie man zu sein hat, Teil des Bildes, das, einmal festgehalten, bleibt, bewegungslos, nur reproduzierbar.

Vielleicht war Pupa enttäuscht, als sie die gelben Kerzen ausblies, den Bowlenrest sorgsam in der Speisenkammer abstellte, die halbleeren Silberplatten, während die Eltern das Schlafzimmer aufsuchten, um entlastet und zufrieden einzuschlafen. Vielleicht gefiel ihr die Form des Mondsteins nicht, obwohl sie Mondsteine liebte. Vielleicht räumte sie mit den Kerzen den ganzen Abend ab, das Ereignis Verlobung, seine Vorbereitungen, die Erinnerung an den Weg zum Gewächshaus des Gärtners diesen Mittag, und ihr Erleichtertsein bei dem Gedanken, dass eine Verlobung keine Heirat war, ohne direkte Auswirkungen für Pupa, alles beim Alten blieb.

Bis auf die Gratulationen aus dem Bekannten- und Freundeskreis, den Neid ihrer weniger erfolgreichen Kolleginnen, dem Reigen von Antrittsbesuchen bei Krümels Verwandten. Sonntags, elf Uhr, bei der Tante, die in eine Fabrik geheiratet hat. Das Mädchen öffnete und liess Krümel mit Pupa ein. Ihre Mäntel wurden im Biedermeierschrank verstaut, während Pupa ihr Aussehen überprüfte und mit Krümel in den grossen Salon gebeten wurde. Die Begrüssung durch Onkel und Tante verlief wohlwollend, die Pupa-Art gefiel, hielt auch näherer Befragung über Ausbildung, Beruf und weiteren Zukunftsplänen stand. Beim Zusammenklingen der Gläser wurde Pupa geduzt, sie war aufgenommen. Wer könnte gegen eine Pupa was vorbringen. Pupas sind, wie man sie braucht, Krümel war stolz und zufrieden. Pupas sind keine Spielverderber, sie lassen sich vorzeigen, benützen. Zum Tränen trocknen, tanzen oder arbeiten. Man kann sie verkleiden, ihnen eine falsche Nase aufsetzen, den Kopf abreissen, mit ihren Brüsten spielen, die Bällchen einfangen, mit kalter Hand umschliessen, sich wärmen, ergötzen. Falls eine Pupa zu frösteln begänne, das Zittern ihrer Glieder nicht mehr unter Kontrolle hielte, läge es an der frühen Dunkelheit, den tiefen Temperaturen, der geschlossenen Schneedecke, vielleicht.

13

Ich war nicht allein, wie konnte ich annehmen, man sei hier oder sonstwo allein, alles wird mitgetragen, hält sich über den Tod. Man wird geboren und kommt in eine Geschichte, setzt sie fort, aber ihre Strukturen sind gegeben, hindern oder stützen.

Draussen das Wolfsgeheul, es wurde umsonst ins Märchen oder in den Zoo verbannt, Mitteleuropa von Wölfen frei erklärt. Sie kommen wieder, die Wölfe, die Vampire, alles, was wir längst überwunden glaubten. Auf der Lenzerheide haben sie diesen Dezember einen reissenden Wolf erlegt, ein junges erwachsenes Tier, männlichen Geschlechts. Seine Färbung und die Beschaffenheit des Fells, die Stärke des Gebisses und das Volumen des Gehirns liessen keinen Zweifel, dass es ein freilebender Wolf gewesen war. Im Ribeira-Tal, Bundesstaat Sao Paulo, überfallen vampirartige Fledermausschwärme die schlafenden Menschen und Tiere, ernähren sich vom Blut der gebissenen Opfer. In Nordportugal umfasste ein Wolf den Hals eines Sechsjährigen, der mit seinem Bruder auf freiem Feld die Ziegen gehütet hat, schleppte ihn mit sich. Ich musste nicht zur Tür, die Wölfe sehen, ihre Schatten waren spürbar, und ich fühlte mich belagert, in Sicherheit, aber nicht frei.

Was nützte es mir, die beiden zu ignorieren, sie waren anwesend, schon einige Zeit, aber ich wollte sie nicht sehen, den Mann und die Frau, die sich verhielten, als wären sie allein im Raum, unbeobachtet. Die Frau lehnte an einem grünen Kachelofen, wollte sich an seiner Wand erwärmen, die aus meiner Sicht nicht warm sein konnte, drückte sich an die Kacheln, den Kopf, ihre Schultern, Arme, Hände, ihre Beine, sehr aufrecht, unbewegt gerade, erstarrt oder erfroren diesen Augenblick, eine Eispuppe, Marionette oder

Drahtpuppe, im lila Hausanzug, der ihre Puppenformen zeigte, den hellen Teint hervorhob. Der Mann lag im Schein der Stehlampe, ausgestreckt, entspannt auf einer Couch gegenüber der Frau, zwei Meter entfernt, ihr zugewandt, schaute sie an. Zog sie dabei aus. Betastete die Brüste, saugte sich fest, fasste ihr Gesäss. Schälte sie unbeholfen aus dem Hausanzug, legte sie auf die Couch. Eine weisse Puppe von der Lampe angeleuchtet, bloss und gläsern, ihre Haut überzog der Reif, schützte sie vor der Kälte im Raum. Vor dem Mann, der sich ihr näherte, nur noch Sportsocken trug, ein stämmiger Mann mit roten Socken legte sich auf die Eis-Puppe, drückte ihre Beine auseinander, beschlief sie stumm.

Ich verliess sie. Wollte den Alptraum löschen, der mir aufgezwungen worden war, nicht zu mir gehörte, nicht jetzt, nicht hier in der gemauerten Höhle am Albula, von Schneeland umgeben, in einer Stille, die kristallen schien, das Wolfsgeheul fernhielt. Ich war in der Stille wie eingetaucht, in die Räume des Hauses, in die sich Erinnerung schob, auflebte, die Gegenwart brach, überwältigte, mit Erinnerungsstücken füllte. Raum um Raum müsste ich ordnen gehen, den Ballast abtragen, mich seiner entledigen. Es wird Auswirkungen haben, aber ich kenne sie nicht, kenne mich nicht. Habe es verlernt oder nie beherrscht, was ich bin, was ich möchte und was ich fordern kann. Aber ich will mich finden, erspüren, meinen Körper, die Sinne, mein Denken. Die Wahrheit, kompromisslos, wird Feinde haben, und vielleicht kann ich mich selber nicht ertragen, so ungeschminkt. Ich habe den Zug verlassen und dieses Haus aufgesucht, bin eingedrungen, mir unwissend gefolgt, über die Grenze. Vielleicht verjage ich die Wölfe mit einem Puppenbalg oder lasse sie diese Nacht ein. Vielleicht kann ich dem Haus und seinen Geschichten standhalten, neu atmen lernen. Das Schneeland erstreckt sich nicht unbegrenzt, ich habe von einer Sonne erzählen hören, die den Zug mit Reisenden aus dem Norden entzünden könne, so gewaltig sei ihr Licht für den, der aus dem Nebel kommt, den Apeninnentunnel durchfahren hat. Noch sind die Frostbilder nahe.

Wieder laufe ich über Schneefelder, verschneite Seen im Oberengadin, gegen den Malojawind, der gespensterhaft in den Kaminen der Häuser umgeht, an den Holzläden reisst, über die Schneefläche fegt, meine Haut mit Eisnadeln punktiert. Der Himmel ist stumpf, bleiern hängt er über dem Tal, deckt die Berge mit dicken Flocken, erschwert mir das Atmen. Wieder fühle ich mich ausgesetzt, den Gewalten überlassen, möchte gegen die Eisglocke anrennen, ausbrechen, durchbrechen, aber ich kann sie nicht greifen, komme nicht auf, meine Hände stürzen an Schemenwänden ab, greifen leer, dennoch sind sie da und ich ahne ihre Ausmasse. Es ist lächerlich, jenen fremden Hund zu erwähnen, der plötzlich aus dem Schneefeld wächst, mich erwartet hat, seine Freude zeigt, mir folgt, als wenn wir zusammen gehörten, auf meine Sprache reagiert, oder gehören wir zusammen, zwei Leben im Eisland könnten sich trösten. Seine Bilder wären weniger befremdlich. Vielleicht würde ich die riesigen Winterbäume, ihr dunkles Geflecht nicht mehr als Drahtknäuel sehen, das den Himmel einschliesst, die Ferne abwehrt. Vielleicht aus dem Zugfenster das Eisland betrachten als die Jahreszeit „Winter", gesetzmässig in seinem Verlauf. Und die Aussicht auf den Nebelsee im Dezember nicht mit Erstarrung gleichsetzen. Die Pappeln ohne Blätter werden überwintern wie die Boote, abgetakelt, im Bojenfeld. Der Wind malt schaukelnde Inseln auf die graue Seefläche, die dunklen gleitenden Punkte sind Entenvögel und Möven, vielleicht muss ich sehen lernen, mein Schauen überprüfen, den vorgeformten Bildern, ihren Farben misstrauen, die mir suggerieren, was ich wahrnehmen, übernehmen soll, mit Gegenbildern dem Eisland entkommen?

Die Aussicht, am Mittag, durchs Fensterglas auf die Schneelandschaft von St. Moritz war eine Zuckerbäckerarbeit, goutierbar wie die Patisserie des Café Hanselmann oder die Jetsetfrauen an den Marmortischchen. Vor allem die Italienerinnen schienen, unabhängig vom Alter, aus Musik und Weiblichkeit zu bestehen, man sieht sie und denkt an ihren Schoss. Das satte, gerötete Gesicht gehörte einer Schweizerin, ihr Dialekt, seltsam exotisch, betraf einen Jugendlichen, der mit Essen beschäftigt war, essen musste, während Mama zigarettensaugend, ein Nachmittagsprogramm entwarf. Den kleinen Spaziergang, ihr linker Knöchel schmerzte und der Rücken, wie in den schlimmsten Zeiten, der Wein von gestern kann nicht naturrein gewesen sein, woher soll sonst das Kopfweh kommen, genau in den Schläfen. Er könne sich das MAD besorgen oder eine MICKEY-MOUSE, und wie stelle er sich zu einem Pullover, diesmal naturweiss, lange wollten sie nicht laufen, so ein Ruhetag sei recht, und morgen könnte er sich einen Skilehrer mieten, ihr Haar greife sich wieder fett an, was sie morgen brauche, sei ein Coiffeur.

Ich sah den artigen Sohn, den seine Mutter liebevoll verkrüppelt. Oder gibt es noch andere Betrachtungsweisen, ist die Mutter ebenso Opfer wie der Sohn, sind wir alle Opfer von vorgeprägtem Sehen und sozialen Konstellationen, von Geburt an Abhängige? Man trägt an seinen Ahnen wie die Schnecke ihr Haus, wird Vater und Mutter überleben, aber nicht ledig sein.

Dann wären Anklage und Urteilssprechung ebenso fragwürdig wie die erwiesene Schuld, würde eine Beschuldigung ein Vorurteil beinhalten können, der Schuldige gleichzeitig noch Opfer sein, der Geschädigte wiederum Schaden zufügen, die Grenzen zwischen Recht und Unrecht verfliessen, wäre eine unbegrenzte Generalamnestie die letztmögliche chaotische Konsequenz.

Oder sollte man, unabhängig, seine Grenzen aufzuspüren suchen, innerhalb der bestehenden Ordnung seine eigene wesensgemässe Ordnung erhalten, den Raum seiner Selbstbestimmung. Aber wo beginnt dieser Raum und wo muss er enden, wann wird die Selbstbestimmung wiederum ein Einbrechen in fremde Räume? Es geht nicht ohne die Verständigung. Und ohne das Wissen um die Möglichkeit eines Irrtums. Wir sind alles, keiner ohne Schuld, Opfer und Täter, Kläger und Angeklagter, Verurteilter und Urteilender.

14

Zu Pupas Hochzeit gehört die Januarkälte und Neuschnee, der an den Strassenrändern zu breiten Mauern wuchs, das Parkieren der Autos wie das Wechseln der Fussgänger von einer Strassenseite zur anderen erschwerte. Pupa musste in hochhakigen Schuhen den Schneemauern ausweichen, bevor sie zum Auto kam, das sie mit Krümel zum Standesamt geführt hat.

Ein sonniger Morgen, der Himmel, über Nacht seiner Schneelast frei, war frostklar, sein Licht zu weiss, um die Kälte der Schnee-Stadt zu mildern. Das Kleid von Pupa war rosenholzfarben, eine Kreation aus französischer Spitze und geraffter Seide. Vor sechs hantierte Pupa am eisernen Herd der kleinen Küche, entfachte Feuer, stellte Kaffeewasser auf, seltsam gelassen, umsichtig mit Vorkehrungen beschäftigt für den Empfang der Trauzeugen und nahen Verwandten, seltsam überlegen, als hätte sie die Regie in einem Stück mit dem Titel „Hochzeit" übernommen, aber nicht eine tragende Rolle. Der Brautstrauss blühte im Rosenholzton ihrer Robe, ebenso der Kopfputz aus Seide und Tüll, der Pupas dunkles Haar hervorhob. Kein Lampenfieber, kein schneller Puls. Pupa färbte die schmalen Lippen der Brautmutter, trug Rouge auf die bleiche Haut. Kritisierte den schlechtsitzenden Hemdkragen von Krümel. Liess sich stolz aus dem engen Wohnzimmer durch die Schneestadt zum Standesamt führen. Beim Fotografen ablichten. Mit Orgelspiel durch die geschmückte Kirche geleiten, lächelnd an den besetzten Bankreihen vorbei zum Altar. Endlich fror Pupa, spürte zitternd, dass sie von Kälte umgeben war, von Frostwänden und Schnee, sich der Kälte ausgesetzt hatte im rosenholzfarbenen Kleid, während der Pfarrherr die Trauung vollzog, sie eine Formel nachzusprechen hatte, gegen die sie sich, im gleichen Augenblick, aufzulehnen begann. Es war ihr unbehaglich beim Gedanken, die Kinder, die man ihr schenken würde, dankbar annehmen zu müssen, noch war sie nicht willens dem Mann zu folgen, wohin auch immer, noch hielt sie sich an rosenholzfarbene Pupa-Träume.

Vor dem Kirchenportal hüllte die Sonne das Brautpaar ein, die wohlwollenden Gratulanten um eine strahlende Pupa im Schimmer der Seide, die ihr Lächeln verschwendete, sich umarmen liess, alle Hände schüttelte, ohne ihren Rosenstrauss zu gefährden, die Rolle einer frohen Braut mimte, gleichzeitig die Kälte des Tages spürte, seine weisse frostige Sonne, das Zittern ihrer Glieder kaum unterdrücken konnte.

Das „gnädige Frau" des Obers wärmte Pupa, „gnädige Frau", sagte er und rückte ihren Stuhl zurecht, oder war es die Schildkrötensuppe, das kultivierte Tafeln im Drei Mohren, die zahlreichen Blitzlichtaufnahmen von jenem Tafeln im Familienkreis, auch das Kerzenlicht wärmte, der Glanz der Silberleuchter, und der Wein, der Farbton der getäferten Türe mit Messingklinke, vor der Pupa wieder fotografiert wurde, mit geröteten Wangen und Rosenstrauss. Der Kaffee und die Torten, aus der bekannten Konditorei, liessen Pupa weiterlächeln, ebenso die Musik, die nach dem Tafeln aus dem Lautsprecher in der Tapetenwand kam, das gleichmässige Geplauder der Gäste belebte, ans Tanzen erinnerte, was Krümel mit einem raschen Abdrehen, Ausschalten verhindern konnte. Nach einem oder mehreren Gläsern vom deutschen Sekt kam der Aufbruch, die kurze Fahrt durch den Winterabend.

Ich blende nicht aus, lass die neue Stehlampe, Messingfuss, gefältelte Seide, leuchten, setze mich in die teuer aussehende Polstergruppe, gegenüber von Pupa. Eben bietet sie Krümels blondem Vetter französischen Kognak an, serviert in geschliffenen Kognakschwenkern auf einem niederen Porzellantisch, Mosaik mit Goldblättchenreihen. Auf der Flasche lese ich „Hennessy", nicht gerade der beste, aber an neunundfünfzig? Salziges liegt auf Tellerchen, und nun das Kerzenlicht, geschickt diese Pupa, wie sie sich auf dem Plüschsofa drapiert, den Kopfputz sollte sie abnehmen, prostet dem Vetter, dann Krümel zu, freundlich und ladylike, kommt sie denn nie aus dem Spiel? Der Kognak gibt dem Puppenteint etwas Farbe, nun streift sie das seidengerüschte Bolerojäckchen ab und sitzt im Cocktailkleid mit Spaghettiträgern, der Raum ist mässig warm, will sie nun Haut zeigen oder das Modell, die französische Spitze am Oberteil der Robe präsentieren, vermutlich das letztere. Sie ist mir zu beherrscht, ich sollte sie erinnern, dass sie heute geheiratet hat, Krümel im schwarzen Anzug sollte sie erinnern, Pupa plaudert angeregt, es ist noch früh am Abend, als der Vetter geht, ein Vorhang fällt, das Bild wechselt, wie ich an Pupas Gesicht ablesen kann. Auch Krümel ist nachdenklich, setzt sich mit dem Kognakglas an den Esstisch, schweigt. Der Schein der Hängelampe, Messingarbeit, liegt kreisrund auf dem handgewobenen Tischtuch, naturfarbene Wolle. Ich beginne die Längs- und Querfäden des Gewebes zu zählen, vergesse den Mann im schwarzen Anzug, die Frau im Cocktailkleid, schütze mich vor der schläfrigen Stille im Raum. Zähle automatisch, versuche die Gedanken zu ordnen, suche etwas zwischen der Mustereinrichtung, den frisch getünchten Wänden, dem neugelegten Riemenboden, der gepflegten Ambiance, suche nach Zärtlichkeit, nach einem Lachen, das Pupa erlöst, die sich vor meinen Augen verwandelt, an Glanz einbüsst, sich verkleinert, verändert. Suche nach Händen und Augen, nach einer Körpersprache, die kleine Brände in die Ecken des Musterzimmers legt, den geordneten Rahmen zerstört, bevor er Gewohnheit geworden ist. Unverrückbares Bild einer Häuslichkeit, die Figuren des Mannes, der Frau, von Dingen in ihrer Bewegungsfreiheit gehindert, eingegrenzt. Ich möchte mit Essen kommen und Wein, den leeren Tisch, den Abend füllen, neu beginnen lassen, anders.

Pupa sitzt am Tisch und hört auf Krümel, der eben über seine Arbeit monologisiert, seine erste Stelle, seinen Job, den er bald anzutreten hat, alles bedenken muss, Bedenken äussert, die wichtige Aufgabe betreffend und in ihn gesetzte Erwartungen. Erklärt, dass da Probleme auf ihn zukommen, die noch nicht abzusehen sind, obwohl es sein Spezialgebiet sei wie Pupa wisse, ihm das Ganze sicherlich zu schaffen gebe, schon heute beschäftige, jetzt, diese wichtige Tätigkeit, das ganz und gar Neue, dazu noch im Ausland, Aufbruch und Einstieg zugleich. Krümels Stimme tönt besorgt, ich möchte nicht mehr hinhören, sehen, wie ihn die Ängstlichkeit einkreist, oder will er Pupa seine eben erworbene, vertraglich geregelte Brauchbarkeit beweisen, hinweisen, welche Bedeutung seine Arbeit für ihre gemeinsame Zukunft habe, sucht er, ungeschickt, ihre Unterstützung, ihren Beifall? Pupa bleibt gelassen, sie kann sich nicht mit den Sorgen von Krümel identifizieren, soweit ich von ihr weiss, lässt sie Situationen auf sich zukommen, sich überraschen. Vermutlich langweilt sich Pupa wie ich, aber sie will es nicht wahrhaben, das Bild bewahren, das sie mit ihrem Verständnis für Krümel absichert. Behutsam spricht sie mit Krümel, redet ihm zu, malt mit Worten ein Bild, das Krümel bestärkt.

Später liegt sie unter dem Streublumenmuster ihrer Daunendecke, den schlafenden Krümel bei sich. Sie spürt die warmen Blutstösse ihres monatlichen Zyklusses ohne Bedauern, verspürt keine Sehnsucht, bleibt verpuppt. Das rosenholzfarbene Kleid hängt auf dem Bügel, nun Reliquie eines Tages, der Pupa einen anderen Namen und Zivilstand gegeben hat, eine andere Stellung in der Gesellschaftsordnung. Eigentlich genügte das Pupa, sie würde sich lieber davonstehlen wollen, diesen Augenblick, wächst ihre Angst vor der Bedingungslosigkeit, in die sie eingewilligt hat. Eigentlich wollte sie heiraten, mit Krümel einen Hochzeitstag durchspielen, aber nicht verheiratet sein. Wochen, Monate, Jahre. Sie möchte die Zukunft verscheuchen, mit dem Schliessen ihrer Augen löschen können, ungeschehen machen. Wünscht sich ein Erdbeben, irgendeine Katastrophe zu ihrer Entlastung herbei, die die Dunkelheit des Raumes aufreissen, die Betondecke einstürzen liesse, sie von ihrer Schuld befreit, die sie erkennt, hilflos anerkennt, eine Wendung nur noch in aussergewöhnlichen, von aussen einfallenden Ereignissen zu sehen vermag. Ich bedaure sie, die naive Pupa, die jetzt aufstehen und das Zimmer verlassen sollte, den Schlafenden zurücklassen, die ungebrauchten Schränke, Polstermöbel, Teppiche, den Inhalt der Schränke, sie würde nichts vermissen, nichts davon nötig haben, wenn sie über den versiegelten Riemenboden zur Tür liefe, aus dem Haus, der Strasse, der Stadt, den Beziehungen, Verflechtungen, den Pupaspielen entliefe. Aber dann wäre sie nicht Pupa, nicht hier, würde nicht mit Gedanken spielen, die ein verändertes Pupabild ergeben. Ihre Robe ist schwarz, auch der dichtgewebte Schleier vor ihrem Gesicht, sie lässt sich die Hand schütteln, als stände sie noch vor dem Kirchenportal, von den gleichen Leuten, den gleichen Gesichtern gemustert, diesmal am offenen Grab. Diese Pupa erschreckt mich, die ihr Brautkleid in Gedanken einfärbt, in schwarze Farbe taucht, ohne Bedauern oder Bedenken eine Rolle durchspielt, die den Tod als Komplizen braucht. Ich kann sie nicht entlasten, jede Handlung zieht Folgen nach, Abläufe, die sich verselbständigen.

15

Ich spürte seine Schwere, bevor ich ihn ausmachen konnte, seine Anwesenheit im Haus, sein lautloses Anschleichen, vielleicht kamen die Wölfe, haben sich ihre Zähne den Weg freigegraben, oder holt mich sonst ein Wärter ein, jemand, der mich behaften könnte, auf der Stelle zurückspediert in das Zugabteil, meinen Entschluss auszusteigen korrigiert, ungeschehen macht.

Leise stand er da, und ich sagte mir, dass es ein Alptraum sei, an den ich mich erinnern konnte, an die Figur des Inquisitors wie an meine Schuld, sagte mir, dass ich den Alptraum bisher durchgestanden habe, sah mich mit dem Gewehr in der Hand und wusste, dass es um Mord ging, ich gemordet habe, aber nichts beweisbar war, solange es keinen Ermordeten gab, dennoch würde der Befrager wissen wollen, wo ich zur Tatzeit war, wie es in normalen Mordfällen beim Einkreisen des Verdächtigen üblich ist, und ich hätte kein Alibi vorzuweisen, würde mein Alibi erfinden, das der argwöhnische Befrager mir widerlegen will, aber nicht kann, nicht im Augenblick, und ich könnte mich meiner Verhaftung am Ort entziehen, aber warum habe ich ein Gewehr in der Hand, ich kann damit nicht umgehen, möchte in keinem Fall töten, dennoch weiss ich mich schuldig, in Angst vor der Strafe, der Bestrafung auf Lebenszeit, weiss, dass ich Haken schlagen werde, mein Jäger seine frische Spur verliert, neu aufnimmt, ich immer wieder diesen Alptraum ertragen muss, bis ich auf der Strecke bleibe, verwahrt werde, der Alb ist meine Auswegslosigkeit und nicht das Wissen, gemordet zu haben, aber wen, die Erinnerung an meine Tat fehlt, und wo halte ich den Toten versteckt, in diesem Haus? Ist es der Tatort, der mich angezogen hat, im Haus hängt keine Verwesung, keine Fäulnis, vielleicht sind seine Temperaturen zu tief, vielleicht ist hier alles erstarrt, steht bewegungslos wie die Ami-Figuren am Treppenaufgang, in ihre Zeit eingefroren, kann man als sein eigenes Opfer belangt werden? Der Inquisitor sah mich an, wenn ich mir das Gesicht einprägen könnte, es beschreibbar wäre, es entzieht sich, tarnt sich hinter Klischees, Kommissarfiguren, ist tragisch klein, dennoch riesig in seiner Bedrohung für mich, seiner personifizierten Macht, ich darf mich nicht täuschen, meine Angst als geringer bewerten, weil sie übertragbar, austauschbar ist wie das Gesicht meiner Angst, das meiste Geschehen ist an kleine Lebensräume gebunden, an einzelne Leben und kann dennoch übergreifen auf benachbarte Lebensräume, guten oder schlechten Einfluss nehmen.

Er fragte, wie lange ich schon im Besitz eines Gewehres sei und warum? zu welchem Zweck eine Frau eine Waffe benötige, und ich sagte, hörte mich sagen, dass die Sache nur so scheine, ein Irrtum sein müsste, ich bis heute kein Gewehr in der Hand gehalten habe, auch nicht wüsste, wer sein rechtmässiger Besitzer wäre, mich von diesem Gewehr vereinnahmt fühle, was den Inquisitor nicht zu überzeugen schien und mich weiter argumentieren liess gegen besseres Wissen, ich stand nicht zum erstenmal einem Befrager gegenüber als Angeklagte, eine Position der Schwäche, die unabhängig von Schuld redselig macht, mit jedem Wort die Gegenposition bestärkt. Oder wollte er gar keine Antwort, hat nicht hingehört, nichts verstanden, vielleicht ist es unmöglich etwas zu verstehen, was den eigenen Standort verunsichert. Der Inquisitor fragte nach der Leiche, als wüsste er, dass sie hier zu finden sei und ich der Täter wäre, um zu widerstehen, müsste ich sicher sein und ohne Zweifel, wer kann mit Überzeugung sagen, dass er nie gemordet hat, auch wenn es keinen Inquisitor gibt, der ihn behaften, überführen will, vielleicht selbst gemordet hat, mich morden will. Wie lange kann ich mir sicher sein, wenn er weiter auf einer Schuld beharrt, mich des Mordes verdächtigt, den ich begangen oder nicht begangen habe, ein Ankläger, der sich im Recht weiss, im Gegensatz zu mir. Er würde seine Überlegenheit beweisen wollen, ich war seine Möglichkeit, sein Objekt, er und ich waren allein, keine Zeugen oder Helfer im Raum. Er würde wölfisch sein, so lange kreisen, bis er zufassen kann, sein Hunger wird ihn treiben, nicht der Sühneakt, er hat meine Spur nie verloren, ist mir gefolgt, taucht unvermutet auf als mir übergeordnete Instanz wie die anderen, die meinen mich zu kennen, mich gezeugt, geboren, geheiratet, mit mir gelebt haben. Er wird vergessen lassen, dass das Eisland Grenzen hat, ich einen Grenzort erreicht habe, meine Geschichte wäre zu Ende, bevor ich sie erlebt hätte. Er wird einen Verschlag aufrichten oder sonst einen Sarg, auch das war gewesen, ist Vergangenheit. *Das Kind kam in einen dunklen Holzverschlag, damit es vergisst auszubrechen, selbständig die schwere Flügeltüre des Gemeindehauses, wo seine elterliche Wohnung war, aufzuziehen und wegzulaufen, soweit wie es konnte. Nun war es arretiert. Im benachbarten Verschlag weinte eine Frau, eine Brandstifterin hiess es, nach ihren unversorgten Kindern. Das Kind weinte mit ihr, auch wegen der Ratten, weinte leise ins Klagen der Frau, bis seine Angst vor den Schatten ausschlug, das Kind mit voller Stimme zu schreien anfing, kräftig an den Holzlatten rüttelte, ein Donnern, Beben, das sich fortsetzte, weiterlief, neben der Mutter die Herren in der Amtsstube alarmierte, bald das Kind befreit war.*

Ich muß den Alptraum unterbrechen, den Inquisitor auffordern zu gehen, ihm erklären, dass ihn nichts legitimiere mich wegen einer Sache zu verdächtigen, die so schwerwiegend sei, niemand sonst mir zugestehen würde. Ich könnte die Amis erwähnen, sagte ich mir, und wusste, dass der Insquisitor sie nicht sehen würde, nichts von mir ihn erreichen kann, kein Wort, kein Bild, wir beide im Alb gefangen waren. Noch immer hielt ich das Gewehr, hatte es zu halten, bedrängte mich die Gewalt des Inquisitors, ich wußte, dass sein Part meine Zerstörung forderte, er brauchte mich wie ein Totengräber den Toten, ein Wärter seine Gefangenen, mein Schicksal schien beschlossen, dennoch wollte ich es nicht wahrhaben, mich erwehren irgendwie, wollte flüchten, fliehen, aber die Wölfe, der wölfische Inquisitor gaben mir keinen Raum, und plötzlich spürte ich das Gewehr, von mir gehalten, in meiner Hand eine Waffe, über die ich Gewalt hatte, damit den Alb zertrümmern, mich befreien konnte, der letzte freie Raum, der mir noch vorbehalten schien, um den Inquisitor loszuwerden. Ich nahm das Gewehr, spannte den Hahnen, es schien mir kinderleicht, und richtete seinen Lauf gegen mich oder wollte den Lauf gegen mich richten, aber der Inquisitor bemerkte meine Absicht und kam näher, ich solle das lassen, sagte er, ihm die Mordwaffe aushändigen, übergeben, sagte er, seine Stimme war erwartungsvoll, schien sich in Vorfreude zu vervielfachen, mich einzumauern, ich zielte nach der Stimme, drückte ab.

16

Wieder sass sie am gedeckten Tisch wie alle Tage, seit ich sie im See-Restaurant verlassen habe, am häuslichen Tisch, eine Frau, die man unter dem Namen Käthe kennt und die ich auch Pupa nenne. Ihr gegenüber Krümel, dazwischen ein reichhaltiges Frühstück mit Orangenjus und weichen Eiern, verschiedenen Brotsorten zum Schinken oder Honig oder Käse. Schweigend bedienten sie sich, ohne Eile. Es könnte ein Sonntag sein mit Kirchenglocken und Vogelstimmen, ein Frühsommertag, und der Tisch auf dem gedeckten Gartensitzplatz stehen. Es könnte Winter sein, und Käthe würde durch das Schauglas des Blumenfensters den schneeschweren Himmel suchen, der vereinzelt Flocken streut. Winter oder Sommer. Sie klopfte ihr Ei auf, schälte seine Spitze, die bei Krümel mit dem Messer durchschnitten wurde, und begann zu löffeln, sah nebenbei, falls es Frühsommer war, einem flüggen Vogel zu, der vorsichtig sein Gefieder im Vogelbecken des Gartens netzte, betrachtete die Sträucher am Zaun und hörte, was Krümel zu verpflanzen plante, überholen wollte, jedes Jahr, dazu das Glockengeläute, sehr fern, als sei sie unter Wasser, weggetaucht, während der Tagesverlauf mechanisch weiterging, Krümel ihr Abwesendsein nicht bemerkte. Oder es war dezembergrau, und ihre Augen suchten durchs Fensterglas einen Ruhepunkt, die Filigranäste einer Birke, die symmetrische Ordnung des holzverschalten Nachbarhauses, als der Himmel dunkelte, von einem riesigen Vogelschwarm überdeckt war. Zahllose unruhige Vogelleiber, schwarze Schwingen, bewegte Kreuze, dachte sie, über den Hausdächern kreisend, scheinbar orientierungslos, auf der Suche nach Nahrung, Bergfinken aus dem Norden würde in der Zeitung zu lesen sein, aber die Nachricht hätte nichts mehr mit dem Augenblick gemein, wo Käthe sich in der Bewegung des Vogelzuges fand, erspürte, millionenfach mitgetragen von stetig flatternden Vogelwellen, darin ruhte, sich wieder löste, ein kreisender Punkt, ein dunkler Vogel, der näherkam, zur Erde fiel. Benommen sass Käthe und orientierte sich an vertrauten Gegenständen im Zimmer, an Bildern, dem Zinnkrug auf dem Schrank,

Blumenranken aus Keramik, aber es gelang ihr nicht, sich aufzufangen, sie befand sich ausserhalb der Szenerie: Zimmer mit essendem Mann am Tisch, war abgestürzt, wie tot. Sah sich liegen und überlegte sich, was Krümel mit ihren Überresten anstellen würde, falls er sie bemerkte, wird nicht täglich ein wenig gestorben, ohne dass der Vorgang wahrgenommen und betrauert wird. Käthe hat darüber zu wenig nachgedacht, sich ablenken lassen, bis sie heute die flatternden Leben am Himmel sah, und abstürzte, erstmals spürte, dass sie mehr tot als lebendig war.

Winter wie Sommer, und er wie sie am gleichen Tisch vor dem gleichen Brot, im gleichen Schweigen. Vielleicht waren sie schonungsbedürftig, der Worte müde, die nichts bewirkten, nicht mehr zu erkennen waren. Vielleicht meinte Krümel etwas anderes, wenn er das Ei im Eierbecher bemängelte, das er jeden Sonntag drehen musste, bevor er es zu köpfen anging, man könnte beinahe ein System vermuten, sagte er, an böse Absicht glauben, auch die Sperrkette an der Haustüre wäre wieder falsch eingehängt gewesen. Die Wurstsorte sei zum Abgewöhnen, und wieder kein Salz im Kaffee, und warum würde der Boiler mit teurem Tagstrom geheizt, habe Käthe den Roten verschenkt, den Krümel sich nie gegönnt habe, immer würde sie übertreiben. Käthe hätte nun besser von dem leisen Rumoren und Piepsen im Rolladenkasten gesprochen als über ein Balkongitter, das, mit Rostschutz versehen, nun schon den zweiten Sommer oder

Winter ohne Farbe verblieb, ebenso die Fensterrahmen oder das Garagentor, von allem anderen zu schweigen, überhaupt, was kaputt sei, für immer kaputt bliebe, der Rote für sie ein beliebiger Roter war, Krümel es dem Jubilar doch gönnen sollte, und wenn alles heisse Wasser von Krümel verbraucht worden wäre, dennoch Bedarf bestünde, solange Krümel nicht allein im Haus lebe. Worauf Krümel vielleicht erwiderte, er könnte auf das Bad ebenso verzichten wie auf seine beste Flasche Wein, in diesem Haus mache jeder, was er wolle, nur Krümel nicht, dafür habe er nun Pupa eine Hautcreme gestiftet und in letzter Minute ein Buch für sie erstanden, obwohl der Laden bumsvoll gewesen war. Worauf Käthe vielleicht fand, bei Krümel liefe alles problemgeladen und ein lautes Lachen wäre ihr lieber als ein Buch, das für sie ohnehin enttäuschend sei, der vielgerühmte Titel verrate den einfallslosen Käufer. Gekränkt holte Krümel zu Gegenattacken aus, die von Käthe abgewehrt wurden, oder sie flüchtete in die Küche und bereitete ein Sonntagsessen zu, das als zu scharf, zu nass oder zu trocken bekrittelt werden könnte, oder fehlte nur die Lust, schon wieder ein Essen einzunehmen, und Käthe liess das fertige Mahl auskühlen, fror es ein.

Vielleicht liess sie mehr erkalten, war selbst erkaltet, starr zwischen den Frostwänden des Hauses, den Häusern ihrer Wohnstrasse, seinen Alleebäumen, Gärten und Mauern. Sobald die Dämmerung einfiel, lagen die Rolläden vor den Fenstern, verschlossen sich die Häuser, schienen unbewohnt, leer, als hätte eine moderne Pest alles Leben vertrieben. Nur das Wasser lief in den benachbarten Goldfischteich, und eine eisengeschmiedete Laterne beleuchtete die leere Stille. Nebelhimmel oder Maimond und Sommerblühen, sobald Käthe ausbrechen wollte, prallte sie zurück. Spürte, daß das Idyll für ihre chaotische Situation tödlich war, früher oder später abstossen würde, was seinen Regeln zuwiderlief, seine Grenzen durchbrach. Verkroch sich wieder im Haus. Versuchte die grauen aufrechten Stämme vor dem Fenster zu vergessen, ihre bemooste Wetterseite, sein Grün, das Käthe als Zeichen von Hoffnung im Eisland gelesen hat, ohne zu bedenken, dass es leichtfällt, irgendwo Hoffnung abzulesen, sich in Hoffnung zu wiegen, die nicht eingelöst werden muss.

Käthe kann nicht erwarten, dass ein frischer Wind das Hausdach abhebt und Bewegung einfällt, die ihre Erstarrung zu lösen vermöchte, die gefrorenen Worte und Redensarten zwischen Krümel und ihr, den Berg von Worten wegfegte. Dass Termiten den Wust unterhöhlten, alles einstürzen liessen, ein frischer Wind oder ein Unheil ihre Leben verändern würde.

17

Der Alb war weg. Hat es einen Inquisitor gegeben, ich möchte die Frage nicht beantworten müssen, auch nicht die Folgefrage nach seinem Verbleib, falls er im Haus gewesen war. Ich fühlte mich grundlos erleichtert und freier, wie befreit. Der Alb kann keine Wirklichkeit beanspruchen, sonst würde ich, eines Tötungsdeliktes schuldig, mich nicht entlastet fühlen, befreit und grenzenlos froh, fröhlich und albern und voller Einfälle, Geschichten, Bilder, die in meinem Kopf abliefen, rasend schnell sich überlagerten, mir Möglichkeiten signalisierten, Lebensentwürfe, die mir freistanden, mich berauschten, in einen Zustand seligen Schwebens enthoben, dass ich zu tanzen begann, durch das Zimmer drehte, seine statische Ordnung auflöste, jeder Gegenstand in Bewegung geriet, Wände und Decke ihre Perspektive änderten, sich verschoben mir zuneigten, der Boden rollte, ohne dass ich taumelnd aufschlug und benommen den nächsten Gegenstand ergriffen hätte, der mir gerade entgegentrieb. Ich kreiste, tanzte, schwebte im Gleichgewicht mit mir, dem Raum und seinen Dingen, begann zu singen, irgendeine Melodie oder Tonfolge, es schrie in mir nach mehr Musik, nach einer Sturzwelle von Akkorden, die alle Räume des Hauses überfluten, seine Kälte brechen könnten, Musik, die in mir zu hören war, klingen wollte. Als ich stand, plötzlich abgestoppt, statisch wie der rechteckige Tisch und die Windsorstühle mit senfgelben Kissen, der dreitürige Schrank, die kleine Glasvitrine an der Wand, stand ich und sah auf den Wolf, den ich umtanzt haben muss, den toten Wolf.

Ich sah ihn und weigerte mich, wollte nicht sehen müssen, nicht das abschreckende Bild eines Wolfes mit toten Augen und gestreckten Läufen, wollte mich entfernen, die Leichenkammer verlassen, verriegeln hinter mir, bedachte die Bewegungabläufe bis zum leisen Schliessen der Türe: ohne meinen Standort zu verändern, bewegungslos. Er war stärker, zwang mich zu bleiben, in die Auseinandersetzung mit seinem Kadaver, vielleicht die einzige Möglichkeit, von ihm loszukommen. Ich kauerte neben dem Wolf, die Beine umfasst, körpernah angezogen gegen die Kälte, und sagte mir, dass ich lebe, noch am Leben bin, weil der Wolf tot wäre, bei dieser Konstellation nur einer überleben kann. Trotzdem spürte ich Bedauern, Trauer um den Unterlegenen, sein Kadaver war Anklage und Beweis, überführte den Überlebenden seiner Unfähigkeit, am Leben zu lassen. Ich wollte nicht wissen, warum er da tot lag, wer ihn erlegt hat, nicht eine Wolfsgeschichte erfinden, ihm einen Namen geben, ihn vermenschlichen, den Beruf eines Inquisitors ausüben lassen, vielleicht noch eine Familie ausdenken, für die er da war und gesorgt hat, eine Frau und Kinder, ein Hobby oder mehrere, einen Lebenslauf, der erkennen liesse, dass der Inquisitor ein Geschädigter war, ein Mensch mit unerfüllten Wünschen oder Träumen, mit kreativem Potential wie jeder Mensch. ·

Ich schaute ins Wolfsgesicht, auf seinen sehnigen Körper, die graubraune Rute, seine ausgestreckten

Läufe und war erleichtert ihn tot zu sehen. Stand auf und nahm die Wolldecke vom Tisch, deckte ihn zu und verliess das Zimmer, schloss seine Türe.

18

Der Pass von Pupa war ungebraucht wie ihr Familienname und das ledergebundene Familienbuch mit dem amtlichen Eintrag des Zivilstandes, der Pupa und Krümel als verheiratet auswies. Ihre Reise ging über Lindau, die warme Wurst aus der Snack-Bar war mit grossen Speckstücken durchmengt, und Pupa teilte ihre Portion mit Krümel. Wenn ich die geplusterten Schwäne auf dem wellenförmig gefrorenen Eis am Seeufer erwähnte, die man beim Einfahren des Zuges auf die Halbinsel sehen kann, wären sie meinem Winter entlehnt. Pupa hat von dieser Reise kaum Bilder mitgebracht. Da waren die Holzlager und kleinen Fabrikhallen, die sie als Ferienreisende gestört haben. Das Zimmer im Familienhotel, geräumig und kalt. Die Stoffserviette, die sie während einer Woche aus der, mit ihrem neuen Namen versehenen, Serviettentasche nahm, am Ecktisch entfaltete, bevor sie zu essen begann. Und Krümel, ein freundlicher Krümel mit Skiern vor der Alphütte, bei einem Imbiss, den karierten Hemdkragen offen. Und die Streitszene vor dem Doppelbett wegen irgendeiner Sache, ihr unterschiedliches Denken, das Krümel als persönlich kränkend empfand und Pupa bedenklich erschreckte. Obwohl es nicht neu für sie sein konnte, bedrängte sie die kleine Szene, wurde ihr plötzlich bewusst, dass ihre Meinung mit der von Krümel harmonisieren muss, sie davon abhängig war. Sie beschwichtigte Krümel mit freundlichen Gesten und Worten, erbat sein Vergessen, Verstehen. Übte sich wieder in der Pupa-Rolle in der naiven Vorstellung, ihr Wohlverhalten würde entsprechend belohnt werden, entsprechenden Einklang bringen.

Pupas Ehrgeiz konzentrierte sich darauf, vielfältig brauchbar zu sein, eine frohe, geschickte Pupa, mit der man notfalls Pferde stehlen konnte, die nie krank oder müde war.

Das Wochenende vor dem Stellenantritt reisten sie nach B. und gingen, mit Hilfe eines Gratisanzeigers, auf Zimmersuche für Krümel. Pupa telefonierte mit den Vermietern, bewährte sich beim Herstellen der ersten Kontakte, wie eine gute Sekretärin, die die Interessen ihres Chefs „ein ruhiges, preiswertes Zimmer mit Komfort in guter Lage" wahrnehmen konnte. Die Vorteile eines jung verheirateten Physikers, ohne Anhang, mit fester Anstellung brachte brauchbare Offerten, die systematisch durch Augenschein geprüft wurden. Nach zwei Hotelnächten hatte Krümel seine gewünschte gute Adresse. Am nächsten Tag würde er zu arbeiten anfangen, Pupa seine Habe vom Hotel ins Zimmer schaffen, auspacken, einrichten, für Wohnlichkeit sorgen, eine Elektroplatte für die Frühstücksküche erstehen, in einem Delikatessenladen italienische Salami kaufen, eine flaschengrüne Vase zu roten Rosen aussuchen und sich von Krümel verabschieden müssen, in einen Zug steigen. Sie sollten den letzten Abend feiern, die letzte Nacht, die Kälte des Abschieds übertönen, Krümel war von morgen gebannt.

19

Vielleicht war alles geträumt, kein Inquisitor, kein toter Wolf im Haus, alles nur Traumbilder, aus denen man erleichtert erwacht, dankbar, dem Alp entronnen, zu seiner Gegenwart findet, sie neu erfindet, beleben lernt. Auch diese Hoffnung barg schon das Erinnern an diese Hoffnung, "aufzuwachen, aller Schwere ledig", war vielleicht ein neuer Traum. Es gab keine Möglichkeit, mich dem zu entziehen, was ich gesehen und erfahren habe und was auf mich zukommen wird.

"Amerika", sagte der Mann, er war klein von Wuchs, trug einen beigen Rollkragenpullover und einen kaffeebraunen Trenchcoat, "Amerika", sagte er, die Hände auf dem Rücken überkreuzt, schritt er den leeren, kalten Flur aus, ohne die Ami-Posten mit ihren Gewehren zu beachten, sagte er, bis Montag müsse er es wissen, definitiv, heute sei Freitag. –

War es eine Frage oder eine Forderung, es betraf

mich nicht, konnte meine Person nicht betreffen, dennoch war ich von seiner Anwesenheit gestört, seine Art zu sprechen, sich zu bewegen brach in meine Gedanken, seine gewichtigen Schritte, Worte.
Fünf Jahre Amerika, sagte er, würden ihn reizen, nun sah ich die Frau, sie lehnte am Türrahmen, in Jeans und Pullover, ihr Gesicht verschlossen, vor allem die Augen, als wäre sie eigentlich nicht anwesend, mehr das Bild einer Frau, die an einem Türrahmen lehnt. Nur ihre Hand spielte unruhig mit einer langen Silberkette, drehte diese ständig. Wenn sie zurückkämen, sei er sechsundfünfzig, siebenundfünfzig, sagte er, und stand vor der Frau. Ich fühlte ihre Abwehr. Ohne Familie nach drüben, sagte er, unmöglich, und schritt wieder aus, kehrte an der gleichen Stelle wie zuvor, als hätte er sich Grenzlinien gesetzt. Da sei man abgestempelt, bevor man zu arbeiten anfinge, das Familienleben sei wichtig, das müsse stimmen. Die Tochter würde sich vermutlich weigern, aber der Sohn müsste mit, das Haus könnte vermietet werden, und die Möbel würden eingeschifft. Ein Doktor Graber habe sogar das Silber nach drüben spediert, man hätte Verpflichtungen, Partys. Mehr als hier. Die Frauen würden sich alle kennen, warum auch nicht, träfen sich. Am Anfang sei es zwar hart. Und bloss kein Appartement, gleich ein 80 000-Dollar-Haus, der Kredit sei da keine Sache. Das Land habe schliesslich den höchsten Lebensstandard neben Schweden. Und New York sei nur ein paar Zugstunden weit.

Aber nichts für Frauen, sagte er und sah sie an, dafür lernte sie endlich die Sprache richtig.

Die Frau stand unverändert, ihr Spiel mit der Silberkette geschah automatisch, scheinbar absichtslos, das Gesicht blieb stumm, ohne Mimik, ohne Sprache, vielleicht war sie ein Automat, der nur auf bestimmte Münzen oder Worte reagierte, vielleicht stellte sie sich tot wie manche Tiere. Vielleicht sprach sie ununterbrochen, nur nicht hörbar, sagte diesem Mann, dessen Frau sie war, dass es zu spät dafür sei, fragte sich gleichzeitig, was sie gegen Amerika einzuwenden habe, ob es Ängstlichkeit war, eine kleinbürgerliche Vorliebe für eine abgesicherte Existenz, Angst vor der neuen Dimension mit Namen Amerika, aber das war es nicht, es war die Vorstellung, dass sie hier wie dort nur als die Frau ihres Mannes existierte, was sie als Mangel empfand, als Einschränkung und Enge, aus der sie entkommen wollte, und Amerika für sie ein Schritt zurück gewesen wäre. Vor einigen Jahren hätte sie über sich bestimmen lassen, heute wusste sie mehr.

20

Diesen Montag hatte der Tee von Käthe einen seltsamen Rauchgeschmack, die Semmelknödel waren zu nass, und an der Sauce fehlte Salz. Den Käse hat sie ohne Teller in den Kühlschrank gelegt, und wenn Krümel nach dem Heimkommen die Küche betreten wird, bleiben seine Sohlen mit Sicherheit an etwas Undefinierbarem hängen, was ihn zwingt, noch vor dem Händewaschen und Kontrollieren des Posteingangs, mit dem Besen zu hantieren. Immer wieder nimmt Käthe den Milchtopf zum Wasserkochen und spült, entgegen den Anweisungen, die eiserne Pfanne, statt sie einfach mit Salz zu reinigen. Sie hat eine Vorliebe für offene Schranktüren, auch kann es vorkommen, dass sie die Essensreste auf dem Tischtuch belässt. Dafür überbordet sie als Gastgeberin in ärgerlicher Weise, verschenkt das Lieblingsdessert von Krümel einem zufälligen Besuch und lässt bedenkenlos ins Ausland telefonieren. Die Rechnung hat Krümel zu bezahlen, der sich hintergangen, überhaupt benachteiligt fühlt. Es ist nicht zum Lachen, wenn Krümel an den Eisschrank geht und feststellen muss, dass alles da ist, Käthe an alle gedacht hat, nur seine Glacesorte fehlt, die sie umgehend zu ersetzen trachtet, aber der neue Kauf wieder nicht ganz Krümels Wünschen gerecht wird, was ihn kränkt. Auch das Unverständnis von Käthe, wenn Krümel ihren Rat einholen will, bezüglich der passenden Hemden, Krawatten, Pullover, bevor er aufbricht, allerdings die Vorschläge regelmässig verwirft, Käthe schließlich vorhalten muß, ihn bei persönlichen Einkäufen falsch beraten zu haben, auch beim Kofferpacken liesse sie nach, vergesse so wichtige Dinge wie Gummistiefel und Wollmützen zum Segelsport, ein Hamster sollte man sein oder eine

Katze, der Aufwand sei unbeschreiblich, dafür gingen die Tiere mit Sicherheit an Verfettung ein, dennoch Krümel bleibt dabei, jeder würde besser bedient, gepflegt, umsorgt, geliebt werden als er.

Käthe vertrug immer weniger die Kritik, berechtigt oder unberechtigt, konnte sich immer weniger immunisieren. Sie meinte, dass sie zu oft Leistung zu bringen habe, ohne Anerkennung zu finden. Es gab Tage, wo sie fliehen oder töten wollte, blind und stumpf keine Nuancen mehr ablesen konnte wie diesen Frühlingsanfang, der mit Kälte und Regenstürmen begann.

Ein Gründonnerstag, Käthe fuhr Krümel morgens mit dem Auto zur Arbeit, sah der Gestalt nach, die das Fabriktor passierte, von der Menge eingesogen, verschwand, sah den weissen Fabrikkamin, den Fabrikhof, die strenggegliederten Fabrikationshallen und empfand Bedauern.

Windböen trieben die Regenwellen über den Asphalt, klatschten an das Auto, nahmen Käthe die Sicht, während sie langsam eine Confiserie im Aussenquartier ansteuerte, Krümel liebte Truffes. Nach wenigen Schritten spürte sie die Nässe in den Schuhen, ihre Jeans klebte an den Beinen, was sie nicht hinderte, ihre Einkäufe weiter zu erledigen. Beim Bäcker. Im Discountladen. In der Drogerie, dem Fischgeschäft, der Tierhandlung. Beim Supermarkt und am Kiosk im Quartier. Schliesslich lud sie aus, was sie gekauft hatte, trug die Waren ins Haus, packte aus, verräumte, fror Vorräte ein. Beim Zwölfuhrläuten bat sie ihre Halbwüchsigen aus dem Bett. Kochte Essen. Liess die Waschmaschine laufen und begann staubzusaugen oder die Eier für Ostern zu färben, jedenfalls ein Biskuitlamm zu backen und den traditionellen Osterzopf. Krümel kam früher als erwartet, normal, sagte er, und sie wärmte den Essensrest. Für jeden anderen hätte es was Besseres gegeben, vermutete Krümel und lehnte den Blattspinat ab, den Käthe auftauen wollte. Natürlich hat das Telefon geläutet und die Türglocke, brachte eine Nachbarin einen Strauss Osterglocken, während Krümel aufgestört im Haus rumorte, weitere Ärgernisse fand. Mit Sicherheit wurde noch im Keller die Wäsche aufgehängt, von Käthe das neue Kleid der Tochter begutachtet und ein Elektromotor des Sohnes, ein weiteres Telefongespräch geführt, was Krümel wieder Käthe zuschrieb, ihrer übertriebenen Freundlichkeit gegen jedermann, auf sie einredete, bis sie kaum mehr atmen konnte. Krümel ihre leisen Worte überhörte, nicht hingehört hat, verzweifelte Worte von Käthe, sie könnte nicht mehr, könne sich nicht mehr beherrschen, sie habe Angst, sich nicht mehr zu beherrschen, sagte sie ohne Echo, bis sie nur noch Schreie ausgestossen hat, sich am Boden fand. Von Kindern geborgen und gestreichelt wurde, im warmen Schoss der Tochter eine steinerne Ruhe fand, noch schwer von Schreien, die sie neu in sich verschloss, vergrub. Ihre blinden wilden Schreie verhallten im naturfarbenen Spannteppich des Esszimmers, zwischen aufrechten Windsorstühlen, das Umfeld war stärker. Käthe spürte den Einschnitt, ihre eigene Gespaltenheit und trauerte um einen Verlust, der vielleicht mit Zugehörigkeit zu umschreiben war, bei ihr Entfremdung hiess. Sie wusste, dass keiner ihre Schreie hören wollte, sie ohne Sprengkraft waren, hilflose Schreie, die nur Befremden auslösen konnten, falls sie durch die Wände drangen.

Hier lebte man nicht „wie die Zigeuner", die Wohnlage bestimmte den Lebensstil, so ein Krach ist ein Ärgernis, von dem man sich besser fernhält, nichts erfahren möchte, was beunruhigen könnte. Die Absicherung war aus Käthes Sicht perfekt, das Privatleben geordnet wie der Kontostand, keine jugendlichen Gammler, keine schlechten Ehen, Wildtriebe wurden sorgfältig beschnitten. War eine Handänderung, hatten sich die Neuen einer Musterung zu unterziehen, bevor sie in der Affenfels-Hierarchie der Strasse den gebührenden Platz erhielten. Käthe spürte, dass sie nicht dazugehörte, ihre Erfahrungen und ihre Verunsicherung das Bild eines behäbigen geordneten Lebens überschattet haben, sie viele Jahre die falsche Richtung gegangen war, sich neu orientieren musste, ohne zu wissen woran.

21

Noch kreisten die Wölfe, tönte die Wolfsmelodie, brach ab, gespannt wartete ich auf das Ende des Intervalls, erwartete das Wolfslied, es gehörte zu meiner Geschichte, und ich war begierig auf seinen Ausgang, sah mich zur Türe gehen und sie öffnen, ihre Schattenleiber würden nicht sofort einfallen, hereindrängen, das Mondlicht sie abhalten, die einbrechende Mondflut mich schützen, aber wollte ich geschützt, im Schutz des Hauses bleiben, das mir bisher keinen Raum der Ruhe gegönnt hat? Ich könnte sie leise locken, in die Lichter eines Wolfsgesichtes schauen, mich am Atem wärmen, seine Zähne in meinen Hals graben lassen, die Eisnacht mit Blut färben. Wieder setzte die Wolfsstimme ein, durchbrach die Frostnacht, Zeichen von Leben, die mich lockten, umwarben, der Hunger der Wölfe wehrte sich gegen die gleiche Bedrohung wie ich, dennoch hinderte ihre Art uns zusammenzugehen, sie mussten töten. Vielleicht war das Haus ein Gefängnis, gab es keine freie Entscheidung, war man gesteuert, abhängig von unbewussten Impulsen, wollte ich mir schaden und wusste es nicht?

Es war ein Totenhaus mit Verliessen und Kammern und Folterinstrumenten. Ich, Gefangene und Gefängniswärter, ging mit einem Schlüsselbund von Tür zu Tür, nahm einen Aufzug, lief durch neue Gänge und fragte mich wieder: ist es Alptraum oder Wirklichkeit, bin ich mit der Person identisch, die Türen öffnete und schloss, etwas zu suchen schien, aber was, ich wünschte mir Ruhe vor meinen Gedanken, vor den Schatten dieses Hauses, vor dem, was mich zwischen Abfahrt und Ankunft aussteigen liess.

Unvermutet standen zwei Weissbemantelte neben mir, steife gestärkte Labormäntel frisch aus der Wäscherei, denen man vorwiegend zum Wochenbeginn am Arbeitsplatz der weissen Mäntel begegnet, steril und kalt bekleiden sie Figuren, die menschliche Umrisse haben, aber kein Gesicht, und an eine moderne Schaufensterpuppe erinnern, wo Kopf, Hals und Glieder, aus Draht zurechtgebogen, die Funktion von Kopf, Hals, Gliedern soweit übernehmen, dass die Kleider überzeugend präsentieren. Es erschreckte mich nicht mehr, die Begegnung mit ihnen war Gewohnheit, wandelnde Morgenröcke aus Frottee, Satin und Nylon im Spitalmorgen, ein pelzbesetztes Kostüm, das sich über den Zebrastreifen bewegt, der weisse Tennisdress hinter dem Maschengitter auf rotem Feld, aber niemals Augen, Gesichter. Ich stand zwischen den Mantelwesen, durch sie dekoriert, vielleicht bewacht, ich spürte ihre Geschlossenheit als feindlich. Sie waren ohne Neugier, ohne Begier, sich mitzuteilen, was hat sie veranlasst mich aufzusuchen, in meiner Geschichte aufzutauchen, welche Rolle spielten sie, spielte ich, wurde mir aufgedrängt?

Der Raum hatte ansteigende Sitzplätze, ein Physiksaal oder Hörsaal, ohne Hörer, dennoch ahnte ich, dass es noch Anwesende gab, denen ich begegnet war, die von mir wussten, der Physiksaal verbarg eine Erinnerung, die meine Gegenwart belegte, mich neu behaftete, das Tribunal war längst zusammengetreten, meine Hinrichtung stand bevor. Ich hatte es vergessen, es war ein Fehler zu vergessen, wenn es Leben oder Tod betraf, nun war es beschlossen und meine Person nur soweit noch Subjekt als sie zu töten war, ich getötet werden sollte, kein anderer an meiner Statt, für den Vollstrecker war ich mit mir identisch. Ich konnte mich der Konstellation nicht entziehen. Die Weissbemantelten würden nicht dulden, dass ich nicht mitspielen, nicht Opfer sein wollte, ich war erfasst, bestimmt, man würde mit mir verfahren wie geplant, die Maschinerie gegen meine Person war in Bewegung gebracht und nicht mehr aufzuhalten. Das Hackbeil arbeitete rasch, ich war an der Reihe, sah das Loch in der Klinkerwand, das leblose Menschenbündel, das gerade hineingeschoben und verbrannt wurde. Die Angehörigen standen dabei. Ich war allein, von den Weissbemantelten postiert, zwischen roten Klinkerwänden im Schlächterhaus und kein Spiegel mit meinem Bild, keine Spuren, keine Trauer, die mich gehalten hätte.

Plötzlich mein Gelächter, es schüttelte mich vor Lachen, hallte zwischen den Wänden, füllte den Raum, liess mir kaum den Atem, verrücktes Lachen, und ich hätte mich zu Tode gelacht, aber ich existierte nicht, längst nicht mehr, meine Hinrichtung war eine Posse.

22

Die Polstergruppe des Wohnraumes stand in der vom Architekten für Polstergruppen vorgesehenen Nische der Dreizimmerwohnung, vom Licht der Stehlampe erhellt, Messingfüsse, Seidenschirm, eine Frau mit übereinandergeschlagenen Beinen auf der Couch, irgend etwas Lesbares in der Hand, gegenüber im Sessel der Mann, mit einer Zeitung. Das häusliche Idyll mit Vorhang abgedichtet, den Blicken von draussen entzogen, Zeitungsknistern, klassische Musik aus dem Radio, das Kind im Gitterbett seines Zimmers, falls sie ein Kind hatten.

Die Augen der Pupa schauten in die Essecke des Zimmers, die Messinglampe glänzte, musterten die Wand mit dem Nussbaumschrank, verweilten bei hellen Einlegearbeiten, dann bei der grossblumigen Vorhangwand, hinter der sich die Fensterfront und Terrassentüre verbargen. Schaute eine Weile in die textilen Blumenranken, dezente Brauntöne zum Grün der Sitzgarnitur abgestimmt, und sagte, sie bekomme ein Kind, sei heute beim Arzt gewesen, es würde stimmen, wie vermutet, der dritte Monat schon, sie bekomme ein Kind. Ihre sachliche Mitteilung war zwischen den Textilblumen verklungen, als Krümel wissen wollte, wann damit zu rechnen sei, und Pupa das Datum nannte, den Arzt am Schreibtisch vor sich, der mit Hilfe einer drehbaren Zeitscheibe sekundenschnell den Tag der Geburt ermittelt hatte und Pupa mit dem

Datum ins Labor schob. Der Einunddreissigste, Krümel sagte nichts, schien zu überlegen, an irgendeinem Ärger zu nagen, die Zeitung vor sich. Auch Pupa verspann sich, ihr helles Gesicht war maskenhaft, nichts von dem ablesbar, was sie gerade empfand. Vielleicht dachte sie an das kleine Mädchen, das hinter der Wand schlief oder an eine Linsensuppe mit Würstchen, die Krümel ihr nach Bezug der Wohnung aufgetragen hatte zu kochen, ihren Ehrgeiz bei dieser Sache, ihren Eifer, oder sie sah sich am Fenster den Krümel erwarten, der im lockeren Verband der Passanten von der Bushaltestelle kam, eine Aktentasche aus Kuhleder an der Hand, ein Weihnachtsgeschenk von Pupa. Und irgendwann fiel ihr der Wunschzettel ein, den Krümel im Hausrat-Ordner abgeheftet hielt. Festgehaltene Träume. Ein Segelboot. Ein Haus. Einen Sohn. Ein Mann musste ein Haus bauen, einen Sohn zeugen und einen Baum pflanzen. Das kleine Mädchen im Gitterbett hatte dunkle Locken und Augen. Ein schönes Kind, sagte der Kinderarzt damals, eine schöne Taufe wünschte sich Pupa, eine Tauffeier, ein richtiges Familienfest, aber Krümel war nicht für solchen Zauber.

Ihr Sohn wurde drei Wochen zu früh geboren, Krümel war dabei, er sah als erster, dass es ein Sohn war. Bevor sie ging, hat sie ihr kleines Mädchen gebadet und das Essen vorgekocht. In den Gebärsaal brachte sie Bücher mit, aber die Wehen liessen ihr keine Zeit an diesem Sonntagnachmittag, ihr Körper wollte gebären, sie verspannte sich, wehrte sich gegen die rasche Folge scharfer Schmerzwellen, würde dennoch davon zehren, ihre Erinnerung hüten, die Sehnsucht nach dem Sonntagnachmittag im Gebärsaal, nach einem Kind, das sie gebären wird, langsam wurde sie müder, liess ihren Körper, atmete ruhig unter der Lachgasmaske, nahm die Stimmen der Helfer, des Arztes auf, folgte den Anweisungen und presste mit aller Kraft das Kind aus dem Leib. Sie musste genäht werden und spürte das Verknoten des Fadens, wurde dann, in warmen Flanelltüchern, in ihr Zimmer gebracht. Die folgenden Tage und Nächte waren für Pupa aus ihrem normalen Leben und seinen Zeitabläufen gelöste Inseln, wo sie Ruhe fand, die meiste Zeit mit Gedanken füllte, aus dem Fenster sah, zu Winterbäumen und Schneedächern, dem bleichen Himmel, von Ruhe eingehüllt wie in warme Flanelltücher, diese Tage eines Dezembers frühlingshell verwahrte.

Zum Vierundzwanzigsten kam sie zurück, hing ihren Mantel über den Bügel und begann zu wirtschaften. Krümel schmückte den Baum. Später wurde das kleine Mädchen, schon müde vom Warten, beschert. Alles war wie immer. Auch der Gänsebraten. Pupa schien eisern. Der winzige Sohn war im Brutkasten verblieben.

23

Ich stand im Souterrain. Wenn ich die erste Tür rechts öffnen würde, wäre ich im ehemaligen Dienstbotenzimmer, sein Biedermeierbett war kurz und unbequem, ich erinnerte mich, nachts lauerte der Mahr am vergitterten Fenster, bei Tag grünten die Laubranken knorriger Weinstöcke. Das kleine Lavabo hatte ich schon benützt, eine Türe entfernt lag das Kaminzimmer. Ich hörte die Stimme einer Frau, und ich dachte an Käthe oder Pupa, bevor ich sie sah. In karierten Baumwollhosen und kurzärmeligem Pullover mit Rollkragen sass sie am kalten Kamin und beachtete nichts. Ich setzte mich auf eine gepolsterte Bank, die an der Wand des rustikalen Raumes bis zur Fensterfront führte. Kam Mond- oder Sonnenlicht durch die Ritzen der Läden, welcher Monat welchen Jahres war dieser Augenblick: eine Frau am kalten Kamin.

Ich befand mich im Haus am Albula und gleichzeitig im Kaminzimmer eines Hauses am See, ein Mietobjekt, wie ich wusste, für Ferienaufenthalte, mit knarrenden Treppen, gedunkelten Balken und blinden Spiegeln im Goldrahmen. Die Glocke, zum Herbeirufens des Gesindes, hatte ausgedient wie der Spieltisch, dessen Nutzwert mit Louis-Seize abgelaufen war. Über dem Kaminzimmer musste der Salon liegen. Wer das grüne Kanapee neben der Kunkellampe benützte, versank im Biedermeierstaub. Der Kamin ohne Feuer, das spärliche Licht im Raum, seine karge Möblierung, ein niederer runder Tisch zwischen locker plazierten Segeltuchstühlen, sein teppichloser Steinboden vermittelten mir Kälte. Die Hosenfrau schien nicht zu frieren, aber was ging es mich an, seit ich das Kaminzimmer betreten hatte, sprach sie kein Wort, und ich fragte mich, warum ich hier grundlos eingedrungen war, ich fühlte mich unbehaglich, fremd in diesen Räumlichkeiten mit dieser Frau, gespensterhaft fremd und kalt, ich wollte weg hier, endlich wieder Wärme spüren, irgendwo, ein Feuer knistern hören und, meine Hand in einer Hand geborgen, den Spuck belachen.

Die Geschichte einer Frau am kalten Kamin, vielleicht sass sie seit Jahren auf dem gleichen Platz, war versteinert, ein Fossil in ihre Geschichte gekittet. Eine Frau, die geheiratet worden war, geboren hat, in einer Familie lebt, alle Ferien mit Familie im Ferienhaus verlebt, mal Schneeland, mal Seeanstoss wie hier, dreissig Schritte entfernt liegt das Ufer, ich kenne den See bei jedem Wetter, seine Farben, sein Spiel mit dem Licht, dem Wind, seinen Zauber, seine Tücken. In der Geschichte der Frau treiben Eisschollen auf dem See, etwas seltsam am ersten August, nicht zu überprüfen, nicht zu beweisen, deshalb bleiben die Eisschollen als Gegebenheit wie als Datum der erste August, Nationalfeiertag in der Schweiz. Die Zeit der Höhenfeuer, der Festreden und Fahnen, der Feuerwerke, Grillpartys, der Lampionschnüre im Sommer familiärer Geselligkeit.

Die Pizza der Frau blieb zu lange im Ofen oder traf der Mann verspätet ein? Die Kinder und ihre Grosseltern würden dazu schweigen, ein kalter Abend, zu kalt für ein Essen im Freien, auch der Goron zu kalt und die Lichter vom anderen Ufer, die schaukelnden Lampions im Garten kalt, die Hände der Frau, die die Grosseltern in Decken hüllten, die Sterne kalt, die Schnee-Möwen am Ufer, das Schweigen am Tisch, die Bestecke, kalt. Der Mann erwischte eine Sardelle, wieso Sardellen, wenn sie ihn würgen, der Mozzarella war Kaugummi, der Rest verkohlt, ungeniessbar. Unbegreiflich, daß die Frau nicht einmal den Ofen bedienen kann, die richtige Handhabung der Knöpfe versteht, es gibt Fehler, die nicht passieren dürfen, der Mann hatte da Beispiele an der Hand und war sicher, dass er mit der nötigen Sorgfalt vorgegangen wäre. Nahe dem Ufer schwammen festlich beleuchtete Dampfer vorbei, Lichtinseln mit Menschen, die Melodien spülten an den Tisch der Frau, das Messer zum Pizzaschneiden in ihrer Hand, obwohl keiner mehr hungrig schien, nur der Mann noch kaute, redete, mit kräftigen Schlucken Goron nachspülte, sich nicht davon abbringen liess, sagte, was alles diesen Abend von Übel war. Die Tanzmusik kam noch bruchstückweise, zwischen die farbigen Klangvokale und die Sitzenden schob sich die Nacht, beschattete die Gesichter am Tisch. Mit pfeifendem Heulen stiegen die ersten Raketen aus der Dunkelheit, entfalteten Lichterschirme über dem See, beschleunigten den Aufbruch am Tisch.

Die Hosenfrau am Kamin, in deren Geschichte ich eingedrungen bin wie in das Kaminzimmer, wehrte sich bisher mit keinem Wort, keiner Geste gegen ihre Rolle, die ich ihr zugedacht habe, so füge ich weitere Teile zum Bild der Frau, die in einer Augustnacht die Eisschollen treiben sah. Der Kirschbaum stand frosthell im Mondlicht, Sterne wie Sand, das Gras überzogen von Reif.

Die Frau stand am Fenster des Kaminzimmers und sah die Eisnacht, die ihr vollkommen schien und abweisend. Sie glaubte das Krachen beim Aufprall der Eisschollen zu hören, das Reiben, Sägen von Eiskanten am Rumpf der Schiffe, spürte Schneefinger um ihren Hals. Das Haus wurde kälter, und die Kälte drang in sie, die Frau liess es zu, es war ihr recht, zu erkalten, weniger zu spüren, ihre Trauer wurde leiser, eine dumpfe Erinnerung. Die Frau würde nicht mehr Holzscheite und Papier für ein Kaminfeuer suchen und der Mann nicht mehr bei der vergeblichen Suche zusehen, er wusste, wo das Holz verstaut lag, eingeschlossen im Bootshaus, es war August, mitten im Sommer, den Goron im Glas, beobachtete er die Frau, die ihren Platz am Fenster verliess, schweigend das Zimmer zur Tür durchqueren wollte, was er verhinderte, sie begehrenswert fand, begehrte, zu beschlafen wünschte, ihre Nacktheit brauchte, die mondweisse Haut, ihre Brüste, ihren Schoss, begierig zu lieben war, geliebt werden wollte, von ihren Armen gehalten, ihrer Zärtlichkeit, mit seinem Mund das abgewandte Gesicht suchte, ihren geschlossenen Mund zum Küssen zwang, ihren Widerstand nicht bemerkte, die Kälte ihrer hellen Augen, Haut brauchte und Schoss, geborgen werden wollte, aufgefangen, seinen Körper über ihren Körper schob, in Besitz nahm, einvernahm, ohne die Frau einen Augenblick zu besitzen, die vor Kälte brannte, wieder das Pizzamesser hielt und in den fremden Körper stach, eindrang, ihn verletzte, vielleicht getötet hat.

Die Hosenfrau schwieg. Über ihr Gesicht liefen unzählige Ameisen, eine Ameisenstrasse, die unter der Fensterfront begann und stetig zum Kamin zog, die Beine, den Körper, das Gesicht der Frau einbezog, ein dichtes Gewimmel Ameisen, die in die Nasenlöcher drangen, ihre Ohrmuscheln füllten, die Hände der Frau bedeckten, ihr Haar, überall Ameisen, unruhige Tiernester, die zäh an Terrain gewannen, die Frau unkenntlich machten, ihre Gestalt unter Ameisenleibern begrub. Und ich verliess sie.

24

Korridore und weisse Wände, gebohnerte polierte Korridore, in denen die Einsamkeit hallt, von geschlossenen, beschilderten Türen zurückgeworfen, sich verstärkt, keinen Ausgang findet, verlassene leere Korridore und meine Schritte, denen Schritte entgegenhallten, Phantomschritte? ich blieb stehen, der Schrittrhythmus setzte sich fort, ich ging auf die Schritte zu, irgendwann müssten die Gehenden zusammentreffen oder die Richtung ändern, aber sie kamen sich näher, ich hörte es am Klang unserer Schritte, war gespannt auf die Begegnung, in Vorfreude, ich würde das Gesicht anlachen, ihm etwas zurufen, den Alb brechen, aber da war kein Gesicht, kein menschliches Wesen, nur Schritte zogen an mir vorbei, und ich zwang mich, nicht stehenzubleiben, den Schritten nachzuhorchen, die leiser wurden, nichts wahrgenommen haben, sowenig ich wahrnehmen konnte, ging weiter, von neuen Schritten genarrt, die mich einholten, überholten, bis ich meine Schritte verlor im Geräusch der fremden Schritte, nichts mehr erkannte, wusste, von mir.

25

Wenn Krümel seinen Platz in der Fabrik verliess, war er, wie er sich eingestand, erledigt. Er ging mit der Aktentasche, in der er Arbeiten vom Schreibtisch nach Hause nahm, ohne daran noch arbeiten zu können, zur Autoeinstellhalle. Sie war fast leer, wenn Krümel kam, er setzte sich ins Auto und fuhr dreissig Minuten durch den Abendverkehr. Sein Gesicht war angespannt und von einer steilen Falte zwischen den Brauen verdüstert, seine Fahrweise aggressiv. Täglich nahm er den direkten Weg nach Hause, obwohl er das Gefühl hatte nicht erwartet zu werden, wenn wieder nicht aufgedeckt war und alle irgendwie beschäftigt schienen, Krümel sich überflüssig vorkam, während er die Mappe in der Diele abstellte, den Mantel über einen Bügel hing, sich regelmässig zu ärgern begann, auch wegen der Hofeinfahrt, die wieder nicht gekehrt worden war, den Abfallsäcken, die zur Abfuhr an den Strassenrand gehörten, jeden Montag- und Donnerstagabend. Gespannt ging Krümel in die Küche und sah sich um, während er seine Schuhe wechselte, gründlich die Hände wusch, er bemerkte, wenn die Spülmaschine noch zu leeren war, der Küchenboden das Kehren nötig hatte, ein Spüllappen zum Auswringen war, sah schweigend am Geschirr, dass Besuch im Haus gewesen sein muss, ein Besuch für Pupa. Er roch den Zigarettenrauch, noch bevor er den Posteingang öffnete, empfand es als persönliche Attacke und wehrte sich entsprechend heftig, weil Pupa keinem Besuch das Rauchen absprechen wollte, zu schwach, zu unkategorisch war, obwohl sie die Auswirkungen kannte. Nichtraucher Krümel würde einen Abend lang unter dem Tabakgeruch zu leiden haben, körperlich und seelisch, das Zimmer nicht betreten können. Pupa räume jedem Besucher mehr Freiheit ein als Krümel, im eigenen Haus, was ihn kränkte, eine körperliche Qual für ihn war, wie er sagte, dagegen angehen musste, Pupa mit Worten überfiel, bitteren Worten, sie damit eindeckte, einschloss. Regelrecht ausgebeutet fand sich Krümel, wenn er an die Gastfreundschaft von Pupa dachte, die er mit seiner Arbeit zu finanzieren hatte, den Gastbetrieb und die Zuwendungen, die sich Pupa damit erwarb, von Bekannten oder Freunden aufgesucht, mit denen Krümel nichts gemeinsam hatte, Leute verschiedenster Prägung beiderlei Geschlechts, jung oder alt, konform oder unkonform, alle möglichen Typen, die Krümel zuwider waren. Es nicht verstehen konnte, dass Pupa ihre Aktivitäten verlagert hat, die häusliche Szene ihr nicht mehr zu genügen schien, was Krümel als Einbusse und persönliche Kritik empfand. Er meinte plötzlich an zwei Fronten zu kämpfen und fühlte sich überfordert, was er Pupa anlastete, die ihn um Sicherheit betrog, um das Gefühl ausruhen zu können, wenn er es brauchte, abzuschalten, den Berufsstress zu vergessen, wenn er um ihre Nähe wusste, sein Bier zum Abendessen trank, seine Zeitung las, sich dabei entspannte. Aber Pupa entzog sich, entfernte sich von seiner Vorstellung über Pupa, seinen Erwartungen, die sie lange Zeit eingelöst hatte, Krümel soweit zufrieden, vielleicht glücklich gewesen war, ohne sein Gefühl gross zu zeigen, herauszulassen, es umzuwandeln, er war nicht der Typ für Purzelbäume, bei ihm ging alles bedacht. Krümel begriff die Veränderung nicht, den Wandel bei Pupa, er blieb Krümel, der verdienen ging, das Geld brachte, seine Familie unterhielt, die sich auf ihn verlassen konnte, in jeder Weise, wie Pupa zugeben müsste. Krümel gönnte sich wenig, obwohl er beruflich immer stärker gefordert wurde, mehr am Hals hatte, als er bewältigen konnte, die Unterstützung Pupas gebraucht hätte, wie es üblich war, nicht nur in der Vorstellung Krümels, die Regie der Frau hinter den Kulissen beeinflusst den Auftritt, die Karriere des Mannes. Krümel fühlte sich allein, in Stich gelassen, überlassen, was ihm zu schaffen machte, auch seine Genügsamkeit, die ihm fragwürdig wurde, er, den Mangel an Lust als Verlust empfand, der mit jedem Jahr grösser wurde, aufaddiert, eine Schattensumme, die auf Krümel lastete, die er gerne losgeworden wäre, gelöscht hätte mit einem anderen Leben, das man von heute auf morgen begänne, einfach aussteigen, sagte Krümel, alles hinwerfen und weg, auch mal Mensch sein, leben, geliebt werden als Krümel. Sein Gesicht verdüsterte sich mehr, sein Wesen, er spürte seine Ohnmacht, aber fand keine Worte dafür oder nur Worte, die keiner hören wollte und verstand, die man ihm übelnahm, ihn einsamer machten. Krümel war nicht gegen die Emanzipation, konnte nur nichts mehr davon hören, misstraute diesen männerlosen Frauen, die seinen Standort störten, Pupa beeinflusst haben mussten, sie ihm wegnehmen wollten, was sonst hätte sie verändert, kritischer und weniger willfährig gemacht. Sie ginge über Leichen, sagte Krümel, und dachte an seinen Leistungsabfall, seine Furcht, eines Tages auf der Strecke zu bleiben.

26

Der Raum war leer, geräumt bis auf die Matratze in der linken Ecke neben der Fensterfront, die mit Läden geschlossen war, keine Vorhänge, keine Bilder, nur noch Spuren ihrer Umrisse an der Wand, freie Felder, in die ich eindringen, sie belegen könnte mit meinen Legenden und Vorstellungen über das Bewohnen des Zimmers, gestern oder morgen. Irgendwann musste auf dem hellgrauen Spannteppich ein Glas mit Tusche verschüttet worden sein, ausgegossen vielleicht, einige Brandlöcher lassen an Zigarettenglut denken, die zahlreichen Wachsreste an den sorglosen Umgang mit Kerzen, auch an Kerzenlicht, die leise Musik muss ich streichen, zwischen Projektion und Gegebenheit trennen, die kaffeebraunen Lachen waren getrocknet, aufgesogen, umlagerten inselartig die Matratze, die Geographie schien mir eindeutig, der Boden war gleichzeitig auch Tisch, und den Kaffee oder Tee muss sie schwarz genommen haben, sie oder er, ich möchte an ein Mädchen denken zwischen sechzehn und achtzehn, zurückdenken, das Zimmer möblieren mit Couch, Schreibtisch, Schrank und Bücherregal, brauner Couchdecke und sonnengelben Vorhängen ausstatten, aber vielleicht würde das Mädchen meine Requisiten der Reihe nach verbannen, abbauen, umstellen, vor die Tür stellen, sich von allem lösen, was ich ihr zugedacht hätte, gelöst haben, bis sie eines Tages den Raum verliess, für immer verlassen hat. Es war keine gute Idee, mit Requisiten mehr Heimat schaffen zu wollen, wer sich zwischen Requisiten geborgen fühlt, wird unmerklich ein Requisit. Ein wenig roch es nach Räucherstäbchen, aber das konnte auch mein Wunschdenken sein, mehr über das Mädchen, das hier gelebt haben könnte, zu erfahren. Genau genommen sind auch Räucherstäbchen ein Requisit, eine Illusion gegen die Wirklichkeit, man parfümiert, räuchert ein, verwischt die Wirklichkeit. Eine Weile war ich versucht, mich auf die Matratze zu setzen, auszuruhen, wie es das Mädchen gemacht haben kann, sein Radio stand in Reichweite, vielleicht noch der Plattenspieler, die Platten in einer Holzkiste abgestellt, ein roher Holzverschlag mit schwarzer Tusche bemalt, wieso schwarz, woher nehme ich die Erinnerung? Der Teddybär auf dem Fenstersims trug einen Knopf im Ohr, ich brauchte nicht nachzusehen, und die drei winzigen Gnomen mit lila Haaren und Schrumpelgesichtern könnten ein Souvenir sein, vergessene Spuren, Restbestände einer Kindheit, nicht meine Geschichte, nur soweit mir ein kalter, leerer Raum von einem Mädchen mitteilen kann, das ihn eine Weile bewohnt hat, ohne sich vereinnahmen zu lassen. Ich werde mir nicht nachgeben, die Matratze benützen und dabei ans Einrichten, Bleiben denken, es war nicht mein Raum, mein Haus, und ich wusste auch nicht, wo man das, was man zu Hause nennt, suchen könnte. Es blieb eine Illusion, ein Traum, in dem man sich ab und zu flüchtet, ein vages Bild erfindet, ein Du, eine Zweisamkeit, kurze Augenblicke der Ruhe, aber kein bestimmbarer Ort mit Namen und Anschrift.

Ich war in der Kälte, allein, das mondhelle Eisland vor den Fenstern, in das der Schatten der Wölfe eingebrochen war, lagerte.

27

Unverändert schlugen im Puppenhaus die Türen ins Schloss, wurde geschwiegen oder geredet, unverändert gespeist, Kaffee getrunken, das Badezimmer von ihm aufgesucht, von ihr verlassen, wiederholten sich die Plätze, Bilder im Verlauf der Tage, Wochen, der Jahre, geregelt, installiert. Figuren mit einem Uhrwerk, das sie in Bewegung hielt, zu Bett gehen oder aufstehen, verrichten oder ruhen hiess, voneinander entfernt, dennoch in Abhängigkeit wie auf Schienen montiert, durch die Verkopplung ihrer Lebensumstände, ihrer Interessen, die gänzlich verschieden nicht zusammengingen, auszugleichen waren, gegenseitiger Erläuterungen bedurfte, erfolglose Versuche, sich zu verständigen, die sie ermüdeten mit der Zeit, immun machten, dass grössere Anstrengungen nötig wurden, die sie wiederholen, lautstark gegeneinander argumentieren, aufeinanderprallen, verbeissen liess und ihnen die Kraft nahm, sich aus der Verklammerung zu lösen.

Das hiesse Abstimmung und nicht Wahl, sagte er, seit Jahren würde er ihr das erklären, aber sie gebrauche jedesmal das falsche Wort, das müsste einmal gesagt werden, ihr Stimmzettel sei schon ausgefüllt? Früher hätte er dazu etwas zu sagen gehabt, wäre um Rat angegangen worden, aber heute, sie habe ihre Stimme einer Partei gegeben, die sie aus ihrem, mühsam erarbeiteten, Haus werfen könnte, er verstehe sie nicht, verstände vieles nicht mehr in letzter Zeit, ihre Handlungen, Reaktionen, es gehöre zu seinem Beruf klar durchzusehen, Bescheid zu wissen, aber bei ihr? Und irgendwann entgegnete sie. Erklärte wieder.

Sagte, sie wolle sich nicht ständig rechtfertigen müssen,

    sagte er, es ginge um die Vertrauensbasis,
    sagte sie, dass sie sich überwacht fühle,
    sagte er, das hätte sie nicht sagen dürfen,
    sagte sie, die Streiterei mache müde,
    sagte er, sie sei ungerecht,
    sagte sie, es sei schade um die Zeit,
    sagte er, das könne er nicht mehr hören,
    sagte sie, sie fühle sich alt,
    sagte er, sein Herz mache ihm zu schaffen,
    sagte sie, er sei kerngesund,
    sagte er, sie habe bei seiner letzten Erkältung keinen Saft gepresst,
    sagte sie, sie würde auch nicht geschont,
    sagte er, für alle anderen sei sie da,

sagte sie, übrigens seien sie eingeladen,
sagte er, da ginge er nicht hin,
sagte sie, meinetwegen,
sagte er, bei dem Verhältnis,
sagte sie, so wäre es immer,
sagte er, darüber könnte er sich empören,
sagte sie, so empfände sie es,
sagte er, das seien ihre Vorurteile,
sagte sie, es sei sinnlos, ihm das Gegenteil beweisen zu wollen,
sagte er, sie habe ihre Meinung, und dabei bliebe sie,
sagte sie, mein Gott,
sagte er, ob es nicht stimme,
sagte sie, am besten nichts mehr sagen,
schwiegen sie zusammen vielleicht, Stunden oder Tage,
sagte er, ob sie schon gefrühstückt habe,
sagte sie, er solle auf die Uhr schauen,
sagte er, die Bluse habe er noch nie an ihr gesehen,
sagte sie, er könne sich nicht erinnern,
sagte er, es seien neue Sachen in ihrem Schrank?
sagte sie, sie habe Furcht vor seinen Fragen,
sagte er, sie wüsste alles von ihm,
sagte sie, sein Sekretär wäre wieder abgeschlossen,
sagte er, wegen der Kinder,
sagte sie, so könne sie nicht einmal an ihr eigenes Sparbuch,
sagte er, wozu?

sagte sie, grundsätzlich,

sagte er, was er verdiene, gehöre auch ihr,

sagte sie, sie möchte nicht lebenslang abhängig bleiben,

sagte er, so ein Blödsinn,

sagte sie, das Haus sei zu teuer,

sagte er, man müsste sich ans Budget halten,

sagte sie, dass sie rechnen könnte,

sagte er, seit Jahren habe er sich nichts mehr gekauft,

sagte sie, das würde sie belasten,

sagte er, einer müsste das Geld zusammenhalten,

sagte sie, vielen Dank,

sagte er, es ginge um die Übersicht,

sagte sie, wieder erklären müssen, wofür, warum,

sagte er, jahrelang sei das gut gegangen,

sagte sie, das verdammte Geld,

sagte er, nun müsste er wieder eine Entspannungspille schlucken,

sagte sie, diese Nacht habe sie zwei gebraucht,

sagte er, ob sie sich kaputtmachen wolle,

sagte sie, sie fände keinen Schlaf mehr,

sagte er, sie brauche ja nur zu kommen,

sagte sie, ein eigenes Zimmer,

sagte er, das wäre das Ende,

sagte sie, im Gegenteil,

sagte er, dem könnte er nicht mehr folgen,

sagte sie, erzwingen wolle sie nichts,

sagte er, wenn sie darauf bestände, besser sofort,

sagte sie, so ginge es nicht,
sagte er, Gewitter in den Bergen,
sagte sie, der Ausflug sei beschlossen,
sagte er, für ihren Sohn mache sie alles,
sagte sie, es mache Spass,
sagte er, das gleiche hätte er seit langem geplant,
sagte sie, das wäre ihr neu,
sagte er, der Wanderweg sei auf der Karte nicht zu finden,
sagte sie, er mache ihr immer Angst,
sagte er, dann sage er nichts mehr,
sagte sie, man könne essen,
sagte er, jetzt habe er keinen Hunger,
sagte sie, dann hätte sie sich die Arbeit ersparen können,
sagte er, es stände noch nichts auf dem Tisch,
sagte sie, weil keiner Platz genommen habe,
sagte er, den beigen oder den blauen Pullover?,
sagte sie, den beigen,
sagte er, wieso nicht den blauen,
sagte sie, er brauche sie nicht mehr zu fragen,
sagte er, am liebsten würde er alles hinwerfen,
sagte sie, anderen erginge es ebenso,
sagte er, diese Arbeit,
sagte sie, wenn er überfordert wäre, könne er ja wechseln,
sagte er, seit Wochen der Presslufthammer vor dem Fenster,
sagte sie, er sollte sich bemühen, weniger zu schreien,

sagte er, alle würden deswegen schreien,
sagte sie, aber nicht zuhause,
sagte er, sie schreie auch,
sagte sie, einmal ein sachliches Gespräch,
sagte er, ihre Vernunft sei ihm unheimlich,
sagte sie, sachlich und souverän, mit einem erwachsenen Menschen,
sagte er, mehr Wärme,
sagte sie, ein Gesicht, das nicht ständig düster wäre,
sagte er, eine Frau, die nicht vom Ehrgeiz gefressen würde,
sagte sie, wo man keine Angst haben müsste, etwas falsch zu machen,
sagte er, nun ginge er,
sagte sie, das wäre am einfachsten,
sagte er, sie sei ihm zu radikal,
sagte sie, das wäre schön,
sagte er, nun sage es sie schon selber,
sagte sie, sie sei am Ende,
sagte er, nun breche sie ab,
sagte sie, es sei alles sinnlos,
sagte er, einmal zu Ende reden,
sagte sie, es fände kein Ende,
sagte er, einen Menschen, mit dem man reden könnte,
sagte sie, seit zwanzig Jahren würden sie nichts tun, als aneinander vorbeireden,
sagte er, sie sähe alles verzerrt,

sagte sie, es sei wie ein Knäuel, kein Anfang, kein Ende,

sagte er, es sei nicht einfach mit ihr,

sagte sie, er würde nur sich meinen,

sagte er, das sei das Letzte,

sagte sie, und die Wahrheit vertrage er nicht,

sagte er, aber sie sei unfehlbar,

sagte sie, das wäre ihr zu primitiv,

vielleicht ging er dann, setzte sich ins Zimmer und hörte Musik, ging sie, und verräumte das Geschirr in der Küche, goss sich Kaffee ein, ass dazu wahllos, was sie im Kühlschrank vorfand, als müsste sie sich entschädigen, stärken, schadlos halten.

In einer benachbarten Küche wurde Fleisch geklopft, eine Zwiebel gehackt, auf einer Terrasse etwas gehämmert, hallende Geräusche, die für sie unwirklich waren, diesen Augenblick, alles Normale, fremdartig, seine Wort- und Lautzeichen nicht mehr aufzunehmen, zu verstehen. Dumpf sass sie am Essen, ohne Worte für ihre Situation, die Leere um sie.

Langsam wurde sie ruhiger, im Gefühl davongekommen zu sein, überlebt zu haben, von Wellen angespült, wieder Boden zu spüren, gleichzeitig in Angst vor neuen Wellen, die nach ihr greifen, sie überspülen könnten. Sie musste sich aufrappeln, solange sie noch Kraft spürte, gegen die Angst angehen, ohne fremde Hilfe existieren lernen.

Sagte er, wieso einen Personenzug,

sagte sie, sie habe das nicht bemerkt,

sagte er, sowas könnte man nicht übersehen,
sagte sie, sie habe die letztmögliche Verbindung genommen,
sagte er, einfach unmöglich,
sagte sie, dass sie seinen Autoschlüssel brauche,
sagte er, wozu,
sagte sie, zum Einkaufen,
sagte er, ob er mitkommen solle,
sagte sie, falls er möchte,
sagte er, das käme auf sie an,
sagte sie, ihr wäre beides recht,
sagte er, dann eben nicht.
Sie hatte das Gefühl, nicht mehr viel Zeit zu haben, sich beeilen zu müssen. Die Musik, klassische Musik aus dem gegenübergelegenen Parterre-Zimmer schien ihr unerträglich schön, vielleicht sass er lesend, ein Kognakglas in der Hand, sass und starrte irgendwohin, ruhte auf dem Sofa, brauchte Ruhe wie sie, ein wenig Frieden, ein sich in Frieden lassen, loslassen.

Leise ging sie, schloss seine Türe, erleichtert, zog die Küchentüre zu, die rasch wieder aufgerissen wurde, dass sie erschrak. Zu erklären hatte, weshalb sie die Türen zuhaben wollte, die nun heftig ins Schloss knallten, sie eigentlich ins Leere sprach. Und wieder die Türen öffnen ging, den Mann auf dem Sofa warnte, dann leise die Türen zuzog. Was der Mann erneut als Provokation gegen seine Musik, seine Liebe zur Musik empfand und ihn in die Küche nacheilen liess, wo er zu berserkern begann, Gläser zerschlug, bis sie seinen Hals fasste, mit beiden Händen zufasste, was er überrascht geschehen liess, geschehen lassen musste, sich von einer Riesin bedroht sah, riesenhafter Hass ihn morden wollte, diesen Augenblick gemordet hat.

28

Die Frau kam mir entgegen, und ich konnte ihr nicht ausweichen, ging auf sie zu, sie war eingerahmt im Spiegel am Ende des Korridors, und ich war neugierig auf ihr Gesicht, erwartungsvoll, ein Gesicht, das mir antworten könnte, etwas zu sagen hätte oder ich dem Gesicht.

Beim Näherkommen war sie älter, als ich angenommen hatte, mit grauem Haar, eine steile Falte zwischen den Brauen, dunkle Augenschatten, ein müdes Gesicht, abgespannt, das Kopftuch, das sie unterm Kinn verknotet trug, machte sie streng. Ein erfrorenes Gesicht, das ich abschreckend fand, löschen wollte, vielleicht auch feige war, dennoch hielt ich ihm stand, betrachtete die Frau ohne Freundlichkeit. Man sah ihr das Funktionieren an, den Drill, mit dem sie ihre Pflichten wahrnahm, ohne Freude stand in dem Gesicht, dass sie zu wenig Freude kannte, in Grenzen blieb, die nicht ihre eigenen waren, sie vielleicht nicht kannte, nichts davon wusste, die Gegebenheiten beliess. Ihr Gesicht war abweisend, auch mein Gesicht, aber wir hatten uns angenähert, sahen uns an, sie und ich allein, im Korridor eines Hauses, allein mit alten Geschichten und Gespenstern, uns ausgesetzt im Schneeland, heulten die Wölfe? Das Gesicht öffnete sich nicht. Und ich wünschte ihr die Angst, meinte, dass sie und ich auf ihre Angst angewiesen wären, eine lebensbedrohende Angst uns handeln, zusammengehen liesse. Es war nicht zu spät, hoffte ich, für das Gesicht, das zu wenig lebendig war, vielleicht empfindungslos geworden durch zu viele Kältenadeln in der Haut, dennoch war ich angewiesen auf ihr Gesicht, es war ansprechbar, das einzig erreichbare Gesicht im Augenblick, ein Frauengesicht. Eine Frau, die ich zu bedauern begann, die mir hilflos schien, der Kälte des Hauses ausgeliefert, jeder Kälte, sie war zu blass, zu leise, vermutlich leicht lenkbar, naiv, eine Art Kriechtier und dumm, ziemlich dumm oder ahnungslos.

Ihre Augen hielten mich fest. Sprechen wir über das Schneeland, sagte ich, über unser Unvermögen uns mitzuteilen und hinzuhören, wir verstehen uns nicht, können uns nicht verständigen, die Worte erfrieren, bevor sie ausgesprochen sind. Wir erfrieren in Einsamkeit, die täglich wächst, uns trennt, abschliesst und wir vergessen müssen, was wir brauchen, vergessen haben zu leben. Nicht mehr wünschen, erleiden, nichts mehr verschenken können. Automaten sind, die mit Daten für alle Bedürfnisse gespeist, arbeiten oder ruhen, essen oder sich paaren, mehr oder weniger komfortabel, ihre Zeitlang nützlich scheinen?

Das Gesicht der Frau blieb unverändert, war es eine Täuschung, gab es sie nicht? was sollte sie hier, so ein Gesicht war die Seele einer Familie, Uhrwerk und treues Faktotum, sie würde sich nicht in einen Spiegel zurückziehen. Aber ich konnte sie sehen, beschreiben, ansprechen, ihr möglicherweise Schmerz zufügen, wenn ich sage, daß ich sie alt fände und verbraucht, sie weiter fragen würde, ob es sich gelohnt hätte, es sinnvoll war sich verbrauchen zu lassen, für sie, für andere oder ob es unsinnig war, ist, lebenslang etwas zu tun, das keinen Spass zu machen schien, nur weil sie eine Frau war und sich erwartungsgemäss verhalten hat, am Muster Frau weiterwebte, im Muster steckenblieb, und mit den Jahren sich verlor, ausserhalb ihres Bereiches nichts mehr wahrnehmen konnte, nicht wahrgenommen wurde. Ob sie dabei zufrieden wäre, könnte ich sie fragen, nichts erwarte, nichts vermisse, und ohne Sehnsucht sei, ob sie nicht besser gehen und mir den Raum überlassen wolle. Der Gedanke erschreckte mich, ich brauchte das Gesicht, es war zu kalt hier, zu einsam. Ich brauche ein Gegenüber, jemand, der Antwort gab, ich schaffte es nicht allein mit mir, ich sah keinen Weg aus dem Schneeland, vielleicht war das Haus das Ende, war ich angekommen, gab es keine Zukunft mehr, nur noch Vergangenheit und Gegenwart. Das Gesicht im Spiegel schwieg, und ich sprach gegen sein Schweigen, meinte immer gegen das Schweigen angeredet zu haben oder gegen meine Angst, ohne die Sprache zu erlöschen, denn ich war nicht heldisch, brauchte Gesichter und Freundlichkeit, meine Sprache warb um sie, auch in der Anzeige des Verlustes von Zeit oder Leben.

Leider sind wir keine Hexen, sagte ich zu der Frau im Spiegel, ihre Verfolger wussten um ihre Gefahr, Hexen waren Emanzipierte, ohne Angst vor Wölfen, unorthodox und unbequem.

Es war eine Hexennacht und der Himmel mit düsteren Wolkenbildern, die, vom Wind getrieben, sich ständig wandelten, zusammenballten, auftürmten, einstürzten, sich ausschütten, zu ergiessen drohten, dazwischen ein halber Mond, rotgolden, irrlichternd, theatralisch, und Käuzchenrufe in der Wildnis der petite Camarque. Der schmale Weg war kaum zu erkennen. Die vier, fünf Frauen gingen hintereinander, ab und zu glitt ein Fuss ab, tauchte in Wasserpfützen, was ein Grund zum Lachen war, sie trugen festes Schuhwerk, waren ausgerüstet für den Ausflug durch das Sumpfland, eine Laune, ein Vergnügen ohne Besorgnis vor Katastrophen, die im Baumschatten wachsen könnten, hinter Weiden, im Schilf. Sie waren ein Teil der Nacht, gingen durch sie ohne Ziel, Windstimmen im Ohr, den fernen Hügeln zu, die blauschwarz aus der Ebene brachen, sie wellenförmig rahmte. Das feuchte hohe Gras nässte die Kleider der Frauen, es bekümmerte sie nicht. Ein zur Landung ansetzendes Flugzeug und seine farbigen Lichtsignale schienen Utopie. Es begann zu regnen. Weitab ein Haus, ein Hexenhaus? Sie waren sich Schutz genug.

Die Frau im Spiegel schwieg, die Hexengeschichte schien ihr nichts zu sagen, es war wohl auch nicht erstrebenswert, jeder Verrücktheit nachzugeben. In ihren Augen las ich meine Unsicherheit, und ich wendete mich erschrocken, floh das graue Gesicht.

29

Der schwarze Asphalt glänzte im Licht der Autoscheinwerfer, vielleicht war er gefroren, mit einer dünnen Eisschicht überzogen, vielleicht hiess der Abend November, der Sprühregen hätte Nebelreissen sein können, und die schwarzen Leitungsdrähte, über dem Geleisgelände, die dünnen Zweige eines Baumes in der Winterstarre. Für Pupa war es Winter. Langsam ging sie über die Eisenbahnbrücke, unter ihren Füssen donnerte ein Fernzug mit Schlafwagen und Speisewagen, Reisenden an hellen Abteilfenstern, sie nahm das leise Vibrieren nicht wahr, den Schall, der sich im Rollen der Räder vervielfachte, sie überspülte, schien stumpf, zu wenig gegenwärtig, um etwas aufzunehmen oder sich zu erinnern: an das Kind und seine Vorliebe für Eisenbahnbrücken und den weissen Qualm der Lokomotiven, der vulkanartig hochschoss, die Brücke vernebelte, das Kind verbarg, in beissenden Rauch hüllte, dem das Kind mit angehaltenem Atem widerstand, dem starken Teergeruch, bis sich die Qualmwolken hoben, das Kind wieder Umrisse sah, ein Brückengeländer, eiserne Bodenrippen, eine blasse Frau im Schneiderkostüm.

Nach der Brücke bog Pupa rechtwinklig ab, parallel zu ihr lag der Güterbahnhof, abgestellte Waggonketten, russchwarze Lokomotiven, dunkle Geleisstränge, eindrucksvoll hässlich. Die scharfen Warnpfiffe beim Rangieren waren bis zur Strassenlinie vernehmbar, der Aufprall der Wagen beim Zusammenkuppeln, Pupa ging langsam und unbeteiligt, promenierte zwischen dem Bahnareal und der Autostrasse mit stetem Verkehr. Scheinwerfergarben fassten sie, eine nach der anderen, ihre Gestalt, das Gesicht, eine bewegte Lichterflut und das Verkehrsgedröhne, Zeichen von Leben, von Menschen, die in den Autos sassen, sie lenkten, Ziele anstrebten, einen Abend vor sich. Der Sprühstaub nässte Pupas Kleider, hing im Haar. Wenn sie weiterlief, würde sich die Strasse verzweigen, die Geleisstränge auf dem Bahnareal auseinanderlaufen, würden ihr Verkehrsampeln das Anhalten und Gehen diktieren, der mächtige Turm der Bank für Internationalen Zahlungsausgleich zu umgehen sein. Seine gleichmässigen Fensterreihen waren neonhell, unendlich fern von Pupa, die ging ohne zu wissen, dass sie ging, sich bewegte, von Beinen getragen, die sie nicht spürte, mechanisch liefen, Pupa eigentlich nicht vorhanden war, nicht für sie, für andere, die schmale Passerelle über das Bahnareal nahm, dort stehenblieb, am Geländer lehnte, noch eine Weile zu sehen war im farbigen Lichtmuster einer Reklameschönen, die für Sonnenöl warb, bevor sie endgültig verschwand.

Oder sollte ich sie im Schaufenster eines Wäschegeschäftes wiederfinden, wo sie mit fliederfarbenen Strumpfbändern auf fliederfarbenen Riemchenschuhen hochhakig posiert. Oder als Schneeweisschen in der neonhellen Telefonzelle mit roten Haaren, schwarzem Lackmantel, weissgepudertem Gesicht, sie hält den Hörer in der Hand und lächelt in das dunkle Draussen, phosphorgrüne Zähne, pflaumenblauer Mund, lächelt sie, ohne zu bemerken, dass die Glaszelle – nahtlos verschlossen – keine Tür aufweist. Schneeweisschen lächelt im Glaspanzer, als sei sie konserviert, im Vakuum ihrer Künstlichkeit. Ihre Geschichte muss nicht erzählt werden, sie ist zu Ende, und ich kann die Figur nach Belieben löschen, im Morgengrauen verflüchtigen lassen, die Kabine mit Inhalt abheben und auf den Schrottplatz bringen oder Dynamit zünden, es geschähe kein Mord. Ich möchte sie nicht mehr sehen, erkennen müssen, in Puparollen erleben. Das Mädchen im Badezimmer, das einen Penis mechanisch bewegt, zwischen blanken Spiegeln und Chromarmaturen, vor dem Fenster ein Rosenfest, kein Duft erreicht sie, keine Farbe, das Gurren der Taube ist stumpf, die Sinne taub, die Haut, schützen sich gegen den Orgasmus der Kälte.

30

Es war kein Segelwetter, der Wind gegen Mittag zusammengefallen, und die Wolken ballten sich regenschwer über dem See, den wenigen Booten auf dem See, Liniendampfer, Fischerkähne, Segler. Der Gastgeber servierte heisse Bouillon, die Gäste waren mit einem guten Tropfen Weissen auf die Yacht gekommen, packten die Sandwich aus und Papierservietten. Die Uferränder schienen plastisch nah, bebautes Hügelland, Waldhöcker, Wiesen, Taleinschnitte, aufsteigender Fels, ein Panorama in Bleifarbe, düster, schwer. Die Yacht machte kaum noch Fahrt, der Steuermann setzte den Spinnaker. Für den Weissen fehlte der Durst, vielleicht auch die Stimmung. Im Leinensack der Gäste befand sich ein Buch über das Segeln in Binnengewässern, ein Ölzeug, ein Paar Gummistiefel, eine Ersatzhose, Badesachen, Sonnenöl und zwei Pullover. Das war selbstverständlich für Krümel, dass man mit allen Eventualitäten rechnet, Käthe zog sich einen Pullover über. Manchmal erzählte Krümel die Geschichte vom Temperatursturz in den Bergen, von blaugefrorenen Freunden und Fäustlingen im Rucksack. Im Augenblick wurde kein Wort gesprochen. Über der Bucht von Spiez schien es zu regnen. Die Stille war gläsern, auch die Menschen in der Stille, das Boot, der See, hauchdünnes Glas, das lautlos, vom Kiel der Yacht zerschnitten, wellenförmig zersprang, spröde gläserne Stille mit Spannung gefüllt, ein praller Gasballon, den ein Funken zum Platzen bringt. Der Gastgeber wendete in ein Böjenfeld, luvgierig spannten sich die Segel, das Boot hart am Wind, neigte sich stark, Schaummäuler sprangen ins Boot, die Segler stiegen in Ölzeug und Gummistiefel, Käthe nahm einen Nylondress aus dem Bordvorrat, der Wind frischte weiter auf, Donnern, das zwischen Hügeln rollte, sich verlief. Krümel visierte die Richtung, suchte den Himmel ab. Der Gastgeber an der Pinne erzählte Seglergeschichten. Sein Boot war unsinkbar und nahm Kurs auf die Seemitte. Brecher rollten an, von neuen Wellentürmen verdrängt, genug Bewegung, die gläserne Stille war gesprengt, der See schlagartig aufgerissen, von Ungeheuern bevölkert, die hungrig schienen, sich reckten, die Segler nassspritzten, oder war es der Regen. Käthe spürte, wie es nasskalt durch die Nylonbeschichtung drang, in ihre Kleider, auf die Haut, eindrang, sie auskühlte, während sie leeseitig kauerte, ein Lächeln im nassen Gesicht, wenn Gischtspritzer sie trafen, sie klatschnass nicht mehr nass werden konnte, es war neu für Käthe, fast befreiend die triefenden Haare, ihre nasse Haut nahmen ihr die Angst vor dem Wasser um sie, den Naturgewalten, sie spürte wohlig die Kälte und liess sich von ihr lieben, im graugefilterten Licht des Tages. Das Donnerkrachen war von Blitzen überflammt, Krümel an der Pinne. Der Gastgeber kroch über das Vorschiff, versuchte die Tücher zu bergen, Spinnaker und Fock, raffte das Grossegel. Die Böjen kamen aus allen Richtungen, drivten das Boot ab. Es gewann, windschnell, keinen Raum und schien in Höhe eines Kalkwerks, das als grobe Narbe im Ufergrün auszumachen war, stehenzubleiben, von Wellenbergen eingeschlossen, die der prasselnde Regen fortsetzte, ergänzte. Käthe sass bewegungslos und überliess sich dem Wasser, liess sich von Wasser betrommeln, bespritzen, überfluten, badete in Wasser, schälte, befreite sich, nahm ohne Angst teil, ein Teil vom Wasser geworden. Durch den Wasserschleier sah sie Krümel an der Pinne kleiner werden, schrumpfen, sich auflösen, bis er sich nicht mehr halten konnte, Krümel schliesslich fortgespült, weggetragen wurde.

Nach dem Gewittersturm schien alles unversehrt. Der Gastgeber holte den Motor aus dem Cockpit, setzte ihn ein. Mit hellem Motorensingen schnitt die Yacht die Spiegelfläche des Wassers. Das Kalkwerk war schneehell. Im Hafen lagen die Boote ruhig an der Boje, von schlafenden Möven bestückt. Der Gastgeber und Krümel takelten ab, verstauten die Tücher. Käthe sass zusammengekauert, rührte sich nicht.

31

Es musste gegen den Morgen gehen, sicher war es nicht, gar nichts mit Sicherheit feststellbar, auch nicht die Dauer meines Aufenthaltes, vielleicht die Kälte im Haus, aber auch sie war meine Erfahrung, ein Teil der Geschichte, in der ein Icherzähler den Zug verliess, durch Schneefelder lief, ein unbekanntes Haus aufgesucht, eine Grenze überschritten hat, sie meinte zu überschreiten, aber es war eine Illusion, solange ich am Ort verblieb, auf etwas wartete oder hoffte ohne zu wissen was, es gab keinen Verhandlungsort, an dem ich einen Platz angewiesen erhalten hätte, keine Rolle, keine Identität, ich musste mich selbst entscheiden, was ich wollte, wer ich war.

Ich konnte die Frau im Zug sein, die Sandwich verteilt und Orangen schält, und irgendwann abhandenkommen. Ich könnte mich von den Ami-Figuren als KZ-Kommandeuse standrechtlich erschiessen lassen oder sonst in einem Alptraum bleiben, mich in eine Geschichte verkriechen. Als Schneefrau zur Legende werden. Als Amme die Wölfe säugen. Den Motorradfahrer im schwarzen Lederdress verführen. Ich könnte mich des Mordes an mir anklagen und aus den Augen verbannen. Ich könnte mir einen neuen Namen geben, ihn ausprobieren wie ein Kleid von der Stange, die Möglichkeiten durchgehen, es hat immer Varianten, Gabelungen, aber das war gestern, wäre gestern gewesen, jetzt muss ich die Kleider vergessen, die verschiedenen Möglichkeiten, sich darzustellen, zu wandeln, möchte mit einem Gesicht auskommen, es annehmen, ernstnehmen, unverwechselbar sein. Vielleicht kann ich mich den Wölfen erwehren und meiner Angst oder sie fallen mich an, alles ist besser, als sich zu überliefern, etwas zu erwarten, was Zufall heissen kann oder

Schicksal. Ich fühlte, dass ich mir nähergekommen war, nahe genug, um zu wissen, was ich nicht mehr ertragen konnte, schon zu bloss war, um weiter der Kälte zu wehren, der weissen Öde. Ich wollte nichts mehr abwürgen, alles Empfinden leben, mich nicht mehr beherrscht wissen, beherrschen lassen, ich wollte offen bleiben, mich aussetzen, ausschöpfen. Der Gedanke war berauschend, eine Droge bei klarem Bewusstsein um ihre Konsequenzen. Das Haus ist nicht mehr unermesslich und labyrinthisch für mich, es verkleinert sich, wenn ich will, werde ich dem Haus entwachsen, seine Räume würden Puppenstuben mit der Zeit, die Amis an der Treppe wären in einer Hand zu bergen, ihre Gewehre genaue Miniaturen von Gewehren, kunstvoll und ungefährlich, die Puppenmenschen in Puppenstuben, je mehr ich mich entfernte, würden sie an Gewichtigkeit verlieren. Es stimmt euphorisch aufzubrechen, vielleicht tausche ich lediglich die Standorte, mit der Entfernung nähere ich mich ebenso an, Häuser, Figuren, Geschichten wiederholen sich, es ist unwichtig beim Aufbruch an ein Ziel, an eine Ankunft zu denken.

32

Auf dem Bildschirm der nackte Rücken eines schlafenden Mannes und Frauenhände, die seine Haut liebkosen, ein Frauengesicht, das sich anschmiegt. Käthe sass zu nah am Bildschirm, sie kauerte im Sessel, der parallel zum Fernseher stand, und musste sich seitwärts drehen, wenn sie fernsehen wollte, gegenüber die Couch mit Krümel, er lag ausgestreckt und sah auf Anna Magnani, es ist schön, wenn sie Liebster sagt oder bacio, das Wort ist regenwasserweich, im allgemeinen sind Käthe die Liebesszenen am Bildschirm unangenehm, die Magnani ist ein Star, Käthe trank Bier und rieb das Salz von den knusprigen Brezeln, brach sie in kurze Stücke und weichte sie im Mund, bevor sie langsam zu kauen begann, vorsichtig krachende Geräusche vermied, an Genuss dabei einbüsste, ohne von der Gewohnheit zu lassen, fernzusehen mit Bier und Salzbrezeln, während Krümel auf der Couch dem Film folgte oder nicht folgte. Käthe schien von der Handlung gebannt, vom Temperament der Magnani, ihrer tiefen Zärtlichkeit, ihrem Schmerz beim Verlust des Geliebten. Bei Käthe war es kalt. Auf dem Bildschirm wirbt Burt Lancaster um die einsame Witwe, lässt sich eine Rose tätowieren, vielleicht war es Liebe, vielleicht Sehnsucht, etwas Elementares jedenfalls, für Käthe als Kälte spürbar, die ihr unerträglich wurde, sie schaute Burt, dem verliebten Tölpel, zu, eine Mondnacht, er hat ein paar Zäune zu überwinden und trinkt sich zuviel Mut an, Hunde bellen, Hühner fliegen. Käthe war eine Kupplerin, die sich um den Lohn geprellt sah, aber nicht loslassen wollte, eine grosse Liebesgeschichte konnte das nicht werden, sie sind zu unterschiedlich, der Tölpel liegt trunken am Boden, die Magnani hätte auf ihm herumtreten, ihn verletzen können mit den spitzen Absätzen ihrer Schuhe, aber wozu, er ist armselig genug und sonst ein guter Bursche, fabelhaft wie Burt Lancaster spielt, irgendwann wird er wiederkommen und sie mit ihm schlafen, das Wort Liebster vergessen müssen.

Käthe starrte unablässig auf den Bildschirm, ihre Beine angezogen, kauerte sie bewegungslos, ohne zu vergessen, dass sie nicht allein der Liebesgeschichte folgte, wenn sie auch nie zu Krümel sah, wusste sie um seine Anwesenheit, froh um sein Schweigen. Die Kälte wuchs aus den weissen Wänden, dem weissen Bücherregal, dem weissen Licht der Lampe, eisige Kälte, die Gesichter schienen erfroren, ihre Hände, Füsse kälteblau, ihre Haut, die Augen, nur am Bildschirm noch Farbe und Stimmen, Gesten, Bewegungsabläufe. Die Einsamkeit war zu sehen, zu benennen, ein Bild mit lebensgrossen Puppen, einem Mann, einer Frau.

Sie ginge, sagte Käthe in die Öde des Raumes, ohne ihre kauernde Stellung zu verändern, sie könnte die Kälte nicht mehr ertragen, von der sie umgeben sei, die auf ihr liege, ein Kälteblock, der sie kaum atmen liesse, auf ihr laste in diesem Haus, wo Stimmen und Geräusche bedrohlich seien, stählerne Nadeln, die Eis ritzen könnten, in die Haut drängen, Gepolter, das sie anfiele, auf das sie ständig gefasst sein müsste, sie überrollen würde, in ihr nachhalle, man müsse sich das vorstellen, das Geballer einer Stimme in ihrem Körper, sie denke an Steine, die sich lösen, aufschlagen, springen, ein steinernes Prasseln, ein Steinigen und keine Möglichkeit, sich zu schützen, von Kältemauern eingeschlossen, die zunehmen, sich ausdehnen würden, auch ihre Angst vor der kalten Belagerung, sie fühlte sich beschattet, von Augen verfolgt, kein Raum ohne Augen, die sie betrachten, mustern, bei jeder Tätigkeit spüre sie seine Röntgenaugen auf ihrem Gesicht, ihrem Körper, es habe sie verändert, gefurcht, sie sei ein Tier in der Falle, im Kreis seiner Augen, die sie kontrollieren, hüten, Tag wie Nacht wisse er, was sie treibe, getrieben habe, es gäbe keinen Raum, wo sie bei sich sein könne, allein mit sich, und sie kenne sich wenig, wäre sich nicht sicher, es sei einfach sie zu lähmen, auszulöschen, ihre Unsicherheit liesse sie zu langsam reagieren, und sie verachte sich dann, fühle sich eselig, aber vielleicht oder sicher sei eine Ursache die Isolierung von der Aussenwelt, vor dem, was vor den Fenstern fliesst, sie agiere an unsichtbaren Fäden auf einer Puppenbühne, immer in der gleichen Rolle die gleichen Verrichtungen, Sommer oder Winter, die gleichen Bilder, Gerüche, Gesichter, man stumpfe ab, friere in Gewohnheiten ein, vergesse über der Regel das Ungewohnte, erstarre, jeder an seinem Platz, die Worte blieben unausgesprochen, die Haut sende nicht mehr, sie könnten sich nicht helfen, keiner dem anderen, vielleicht habe sie die Liebe verraten, vielleicht sich von ihr entfernt, vielleicht wüssten sie beide nicht, was das sei zu lieben, sich zu verschenken, sie habe keine Erinnerung, nur das Gefühl eines Verlustes, den sie erlitten habe, erleide, vielleicht auch er, der sich aufaddiere, auf ihr laste, unerträglich würde und sie des Verlustes wegen von hier gehen werde, das Eishaus verlassen will.

Vielleicht hatte er nicht zugehört oder nichts verstanden, kein Wort verstehen können, vielleicht war ihre Sprache im Schweigen geblieben, das den Raum füllte, vielleicht war es mörderisch und beide im Schweigen erfroren, nur noch Figuren, ein lebloser Mann auf der Couch eines Wohnzimmers, gegenüber eine leblose Frau, von leblosen Dingen umgeben, Einrichtungsgegenständen, unverrückbar im Bild.

Draussen war Februar, und es regnete, überzog sich gläsern, regnete Eis und beschichtete die Bäume, Hecken, Sträucher, die Strassen, die Autos auf den Strassen, die Dächer der Häuser, ihre Treppen, Höfe, alles, was frei unterm Himmel war, mit feinem Eisglanz bezogen, verpackte das Puppenhaus, umhüllte es plastikdünn, eine Eisplastik im Eisland, endloser Eisregen, der tropfenförmig gefror, lanzenspitz an den Eisästen hing, sie zur Erde zog, als Schilde auf Baumkronen und Hecken wuchs, sie deckte, eine eisigeiserne Last, die splittern, krachen, fällen, entwurzeln liess, Wunden schlug, zerstörte.

Mit Donnern stürzte eine gewaltige alte Eiche, legte eine Zaunseite, verwüstete sekundenschnell den Wohngarten des Puppenhauses. Es schien mühelos, unsichtbare Eiskrallen zerschlugen das gefrorene Bild, wandelten es, seine Zerstörung war vollkommen. Im Haus wurde es dunkel, die Geschichte mit der Anna Magnani flimmerte nicht mehr, brach ab, als der Mann von seinem Elend sprechen wollte, es ist ein Elend, wenn die Frau dem Mann zunehmend entgleitet, sich entzieht und er sich nichts vorwerfen kann, bei Gott, der Gleiche geblieben ist durch alle Jahre, auch sein Gefühl zu ihr, gerade deswegen vereinsamt, weil er ihr ergeben ist, bei allem an sie denkt, sie einbezieht und nicht verstehen kann, dass sie sich geändert hat, was für ihn unabänderlich besteht, bleibt, ihr nicht mehr sicher ist, aber wenn es zu Ende ginge, geht: alles zerschlagen, aus dem Weg räumen wird, hätte er vielleicht sagen wollen, gesagt, aber es war dunkel und die Geschichte abgebrochen, der Fernseher schwieg.

33

Die Kälte wuchs mit jedem Raum, den ich hinter mir gelassen, verlassen habe. Sie schien mir massiv, als könnte sie mich einmauern, in die Eiszone bannen. Wie jene Frau, ich habe sie im Supermarkt getroffen, beim Bananen-Karussell, mit leerem Einkaufswagen, leeren Augen stand sie, von Schlagerweisen sacharinsüss berieselt, und bewegte sich nicht. Eine Puppe, bei der etwas gerissen sein musste, stand sie, ein Hindernis, das zu umgehen war, eine Standfigur, ein Ding, das bei Ladenschluss fortgeschafft werden würde, auf der Bahre oder im Einkaufswagen, für die Puppe war das gleich.

Ich spürte die Kälte, gegen die ich nichts aufbieten konnte, aber etwas in mir weigerte sich in der Öde zu erfrieren, oder war ich schon erfroren und wusste es nicht. Was mich in Bewegung hält, wäre nicht mehr ich, nichts mehr in meinem Ermessen und die Kälte hier, meine Kälte, aufaddierter Verlust an Leben. Kein Gesicht, das mich sucht, keine Hand, die Räume leer, die Korridore, der Spiegel leer, das Frauengesicht gelöscht, vielleicht auch ich, von der Zeit gelöscht, eingesaugt, zerkleinert. Nur die Dinge dauern, überdauern, Räume voll mit Dingen, immer mehr Dinge, die sich mit den Jahren vermehren, das Leben verdrängen. Wer sich auf Dinge einlässt, verdingt und wird zum Ding, standortgebunden, starr, ein Möbel, eine Maschine mit Programmabläufen, ein Nutzobjekt. Brauchbar als Gegenstand, verbraucht als Mensch. Wo war ich, was von mir noch vorhanden. Ging ich auf meine Person zu oder von mir weg, hatte ich mich zurückgelassen, irgendwann aufgegeben, zwischen den Dingen vergessen. Meinen Namen. Mein Gesicht. Bilder schoben sich ein oder Träume.

Ich sah mich spazierenlaufen ohne Kleider und spürte, dass meine Blösse unpassend war, aber ich besass keine Kleider mehr, wie ich wusste, waren sie nass und verschlissen, nichts mehr davon tragbar. Es drängte, dass ich um neue Kleider besorgt war, aber konnte ich es noch? Schon glitt ich über Felshänge, immer rascher, unaufhaltsam abwärts, verlor mich aus dem Blickfeld, erkannte dafür die Patientin im Spital. Keiner der Weissbekittelten wollte sie anhören, behandeln, sie schien unversehrt, heil. Ich wusste um ihre Verletzungen, ohne der Möglichkeit zu helfen, ein Beobachtender, der ein Teil des Alptraums war, sah ich sie von Station zu Station gehen und den Krankengeschichten fremder Patienten zuhören, während ihre eigene Ohnmacht wuchs. Der Pullover lag als Bandage auf den Wunden, klebte fest. Endlich fand sich ein Arzt, stellte sich Erschrecken ein, wurde ein langer Befund diktiert.

Ich wartete nicht auf das Ergebnis, es genügte, dass ich davon wusste, solange nichts ausgesprochen war, konnte ich mich entfernen, das schwebende Verfahren ignorieren, sein Urteil umgehen. Die Alptraumgeschichten dürfen nicht meine Gegenwart vereinnahmen, zur Gegenwart werden. Aber was war meine Gegenwart, wieviel wusste ich von ihr, konnte ich wahrnehmen, die Kälte hat mir Frostklammern angelegt und bedrohte mehr als die Wölfe, die ebenso Opfer der Kälte waren, sie auf meine Fährte gesetzt hat. Wenn ich nicht wach gegen die Kälte blieb, würde sie mich festhalten, ins Schneeland zementieren, würde der Winter dauern, ein Vortod sein. Meine Gedanken wären Fische unterm Eis, die in der Winterdämmerung kreisen, eingeschlossene Gedanken, ohne Ahnung, was ausserhalb der Eiszone lebt. Die Gegenwart zöge als Karawane am Rand der Schneedünen in den Horizont, unerreichbar fern, eine Fata Morgana für den Belagerten, nie zu greifen. Mit der Zeit würde das Bild verschwimmen, vergehen, nicht mehr vorstellbar sein. Zeitinseln, die verschwinden, weil man sie nie betreten hat, keine Spuren hinterliess.

Im Haus am Albula war keine Gegenwart, nur Erinnerungstrümmer, aus denen der Alp stieg, Figuren der Angst, die wieder Angst zeugen. Ich konnte sie nicht löschen, nur versuchen Entfernung zwischen sie und mich zu bringen, auf mehr Gegenwart hoffen. Das Haus war ein Durchgangsort, eine Unterwegsstation, es gibt kein Ankommen und Bleiben. Sich behausen hiess von Wänden umstellt, fixiert sein, in Puppenstuben ein Puppenleben führen.

Für mich war es Zeit, ich musste das Haus verlassen, lief durch den Korridor und eine Treppe abwärts, wo ich die Haustüre wusste, aber die Treppe führte auf einen neuen, engeren Korridor. An beiden Seiten befanden sich Türen mit Nummern versehen, schmale Türen, hinter denen ich schmale Zimmerschläuche ahnte, Kammern oder Zellen mit Gitterfenstern, vielleicht, ich wollte es nicht wissen, drängte aus dem Haus und kam zu einer Treppe, die den schmalen Korridor ein halbes Stockwerk höher weiterführte, endlos weit, ich kehrte um, irgendwo musste eine Treppe ins Erdgeschoss gehen, das ist kein Labyrinth, ich werde mir nichts Labyrinthisches zusammenreimen, mich darin verlieren zwischen halbdunklen Wänden, in Korridoren ohne Ausgang, ein Gangsystem, in sich geschlossen, das sich mit Gängen speist und Treppengliedern, ich werde nicht durchdrehen, auch wenn sich die Klinken der Zimmertüren nicht mehr öffnen lassen, die ich probeweise gedrückt habe, es hätte nur abgelenkt, mein Suchen nach der Haustüre verzögert.

In den Türnischen kauerten Schatten, flossen aus, die Gangwege lösten sich scheinbar, und ich glaubte, jeden Augenblick, keinen Boden mehr unter den Füssen, zu fallen. Aber es hinderte mich nicht, weiterzulaufen, meine Angst bleiben zu müssen war stärker, das Gefühl von Ketten gehalten zu werden und von Ohnmacht sie zu lösen. Unversehens stolperte ich, konnte mich am Geländer einer Treppe auffangen, die steil abwärts ging, hörte das Geklapper meiner raschen Schritte auf dem Stein wie fremde Schritte, neugierig, wohin sie gingen, aufgebrochen waren, plötzlich verlor ich sie, das Geräusch meiner Schritte splitterte, brach ab, und ich wusste nicht, wer die Treppe nach unten ging, ob ich das sei, ohne meine Schritte, die sich davongemacht haben, mich zurücklassen, jetzt die Schritte, dann die Füsse oder Hände, mein Kopf, meine Gedanken, immer der gleiche Alp sich stückweise zu verlieren.

Wie lange war ich gegangen, wie lange hier, es roch nach Vergangenheit, gleich würden mir die Toten eine Grabnische anweisen, hatte ich mich versäumt. Der Gedanke meiner Vergeblichkeit schmerzte beharrlich und liess mich schneller gehen, genau genommen flüchten, vor der Endgültigkeit, die mich einholen würde, aber nicht gleich, hoffte ich. Die Treppe mündete in einen langen ebenerdigen Gang, an dessen Ende die Türe zu sehen war. Durch ihr Milchglas kam Schneelicht. Ich ging auf sie zu, das Hallen von Schritten im Ohr, löste den Türriegel und drückte die Klinke. Und während ich mich vom Haus mit den geschlossenen Läden entfernte, wusste ich, dass ich mit der Person identisch war, die das Schneefeld pfadet, und ich fühlte mich gut. Die Anstrengung des Gehens belebte mich und die Vorstellung, dass jeder Schritt aus dem Eisland führt. Auf den Bergrändern wuchs rasch ein Sonnensaum, brach eine Öffnung in den gläsernen Horizont. Da begann ich zu singen, hinter mir die Wölfe.

orte

Eine Schweizer Literaturzeitschrift, die der viersprachigen Schweiz gerecht wird und zugleich über neue Tendenzen in der Literatur informiert. „orte" erscheint fünfmal jährlich.

Abonnement: Fr. 30,— (Ausland Fr. 35,—).
Jede Nummer ist einem Thema gewidmet. Daneben werden Autoren aus dem In- und Ausland vorgestellt.
Bestellung: Postfach 2028, 8033 Zürich.

Die Themen bisheriger Nummern:

(1—8 sind vergriffen, ebenso 12)

1	Gustave Roud	20	„orte"-Szene
2	Romanische Dichter	21	Holländer
3	Wiener Autoren	22	Kochende Dichter
4	Blaise Cendrars	23	Orhan Veli Kanik
5	Neue Sensibilität	24	Schweizer Undergrund-Szene
6	Innerschweizer Mundart	25	Zirkus
7	Tessiner Lyriker	26	projekt-il
8	Friedrich Glauser	27	Poesie-Festival
9/10	Rolf Hörler	28	Romands II
11	Romands I	29	Meret Oppenheim
12	DDR-Autoren	30	Die Unzufriedenen
13	Mundart	31	Englische Poeten
14	Hamo Morgenthaler	32	Claus Bremer
15/16	Liebe	33	Frauen
17	Albin Zollingers „Zeit"	34	Malanga
18	Literatur/Kritik/ Öffentlichkeit	35	Texte zu Liedern
		36	Nightclub
19	Oestereicher	37	Knast

Weitere Titel des orte-Verlages

- *Rolf Hörler / Werner Bucher / Martin Steiner — „Zeitzünder 1".* Drei Gedichtbände in einem.
- *Hansjörg Schertenleib / Jürgen Stelling / Manfred Züfle — „Zeitzünder 2".* Drei Gedichtbände in einem.
- *Maurice Chappaz — „Die Zuhälter des ewigen Schnees".* Ein Pamphlet aus dem Wallis, übersetzt von Pierre Imhasly.
- *Angelo Casè — „Die rote Piazza".* Die besten Gedichte des grossen Tessiner Lyrikers, übersetzt von Rita Gilli (italienisch/deutsch).
- *„Die Zürcher Unruhe".* Texte und Fotos, herausgegeben von der Gruppe Olten.
- *„Die Zürcher Unruhe 2".* Analysen, Reportagen, herausgegeben von der Gruppe Olten.
- *Veronika Herzig — „Mondwechsel".* Tagebuch einer Loslösung.
- *Rosemarie Egger — „Von draussen träumen",* Gespräche mit Strafgefangenen.
- *Dora Koster — „Mücken im Paradies",* Ein Polit-Krimi.

Die blaue orte-Reihe:
- *1 Hamo-Morgenthaler-Brevier,* zusammengestellt von *Georges Ammann.*
- *2 Landstriche,* Reiseprosa von *Martin Steiner.*
- *3 Z'underst und z'oberst,* die schönsten Lieder und Balladen aus der Alten Schweiz, versammelt von *Hans Peter Treichler.*
- *4 Es ist etwas geschehn,* Gedichte und Texte von *Rosemarie Egger.*
- *5 Wenn ich nur wüsste, wer immer so schreit,* Texte von *Alexander Xaver Gwerder.*
- *6 Menschenfressende Gäste,* ein literarisches Kochbuch von *Jürgen Stelling.*
- *7 Wolf(e) ist noch da,* Gedichte von *Andras Sandor.*
- *8 Hilfe kommt vielleicht aus Biberbrugg,* Gedichte von *Rolf Hörler.*
- *9 Die schönste Frau der Stadt,* Erzählungen von *Jürg Weibel.*

orte-verlag, Ekkehardstraße 14, 8006 Zürich